中公文庫

四季のうた

美しい日々

長谷川 櫂

中央公論新社

美しい日々

本のけて小《こ》径《みち》つくらん冬ごもり　　櫂

俳句を詠み、文章を書いていると、自然、本が増える。二十六年前の阪神淡路大震災（一九九五年）のあと、本棚の倒壊が心配になって壁の三面を床から天井まで作り付けの本棚にした。予想どおりなら本はきれいに片づくはずだったのだが、それでも増えつづける。机に積み上げ、脇の台をあふれ、床に広がる。

テレビの料理番組をみている家内が、すっきりと片づいた料理家のキッチンに「こうだったらいいのに」と何度も憧れのため息をつくものだから、

「こんなのは見せるための台所。人間が暮らしていると散らかるのが当たり前。散らかっているほうがいいんだ。妙に片づけるとかえってわからなくなる」と豪語したものの、たしかに困ることがないではない。

たとえ散らかっていようと、あの本は本棚の何段目とか積み上げた本の下の方とか見当がつくうちはいいのだが、何事も度を越すといけない。

ついこの前も、丸谷《まるや》才一《さいいち》さんからもらった手紙を確かめる必要があって心当たりを探したが、さてどこに仕舞ったか、出てこない。もはや無理と諦めかけたとき、本や道具の山のそのまた奥の山の下に、ずっと昔、手紙のたぐいをまとめて入れておいた箱を見つけた。なかを探るとリボンで束ねた丸谷さんの手紙が一束出てきた。はがきもあるが、どれもシロやソライロやネコヤナギイロの西洋の上質紙に万年筆の走り書き。そのなかの一つは一枚目に用件がしたためてあって二枚目にこうある。

二伸
わたしの晩年は俳諧のおかげで
ずいぶん楽しいものになりました。

ご厚情に感謝します。ありがたう。

二〇一二年

六月二十日午後

その年の十月十三日、丸谷さんが亡くなる四か月前の手紙である。死の気配が漂うのはそのせいだろう。背景を少々説明しておくと、数年前から岡野《おかの》弘彦《ひろひこ》さんと三人で毎月、歌仙（連句）を巻いていて、ここに「俳諧」とあるのがそれである。

私は大きなため息をついた。というのは当時を思い出したからではない。手紙をいただいたときはただの連絡用、ただの日常の一コマとしか考えていなかったのに時を経て手にすると、どれも奇蹟のように美しい光に包まれているではないか。

歳月が日常を奇蹟に変えたのか、それとも日常は日常のままはじめから輝いているのか、いま考えているところである。

『四季のうた　美しい日々』は『四季のうた』の第十四集である。二〇一九年四月から二〇二〇年三月までの一年間、読売新聞に連載した詩歌コラム「四季」を収録した。

連載と刊行に際しては読売新聞文化部の佐々木亜子記者、松本由佳記者、写真部の本田元記者、編成部、中央公論新社の宇和川準一さん、装丁家の間村俊一さんにお世話になった。心よりお礼を申し上げます。

二〇二一年立冬

長谷川櫂

目次——二〇一九年四月〜二〇二〇年三月

四季のうた

美しい日々

二〇一九年四月 ― 二〇二〇年三月

◎四月

ミサイルは鶴のごとくに飛びくるや日本列島桜咲く日に

『大空の干瀬《ひし》』まえとしお・１９２６−２００８　前登志夫

秋、鶴が渡ってくる。ミサイルも桜の季節にというのだ。文学的余裕、侮蔑《ぶべつ》も交じっているだろう。忘れてならないのはここに時代の風景が詠まれていること。二〇〇八年四月五日、八十二歳で死去。歌集『大空の干瀬』の桜の十首を読む。

貌朱《かほあか》く長《たけ》八尺の山人の亡《ほろ》びを思へり山桜伐《き》る

『大空の干瀬』まえとしお・１９２６−２００８　前登志夫

身の丈二メートルもある赤ら顔の大男。無残にも伐採される大きな山桜に、滅び去った彼らの面影を見ているのだ。前登志夫は人生半ばにして故郷の奈良県吉野に帰った。ここで思索を深め、歌を深めてゆく。

埋《うず》めたるその骨の上に木を植ゑて山桜咲けば春の山なり　前登志夫

『大空の干瀬』まえとしお・１９２６－２００８

満開の桜の下で眠る。文字どおり眠るのではなく、死んで桜の花の下で眠りたいという歌である。骨を埋葬した塚に桜の苗を植える。やがて大樹となり春ごとに花を咲かせる。自分の死後の風景を夢みている。

あづさゆみ春大空に全山の花散りゆかばやまひ癒ゆべし　前登志夫

『大空の干瀬』まえとしお・１９２６－２００８

吉野山の桜が散り果てるころ、わが病も癒えるだろう。二〇〇四年春、硬膜下血腫の手術を受けた。「あづさゆみ」は「はる」を呼び出す枕詞《まくらことば》。梓の弓に弦を張る（ハル）。その春（ハル）の大空に、というのだ。

打靡《うちなび》き春きたりたり肝硬変と診断されつつ花の酒酌む　前登志夫

『大空の干瀬』まえとしお・１９２６－２００８

「なびく」は大きな力に動かされること。時間のめぐりという逆らえない力によって今や春たけなわ。私の肝臓は長年の酒がたたってご機嫌斜め。といって酒はやめられない。吉野山の桜を目の前にしては。

木花開耶姫らのつどふさざめきを聴くべくなりぬ桜散る山に　前登志夫

『大空の干瀬』まえとしお・１９２６－２００８

天孫降臨神話に登場する日向（南九州）の木花開耶《このはなさくや》姫。桜の女神である。吉野山の桜が散るころは木花開耶姫つまり桜の花たちの声が聞こえる。ひそひそと耳打ちする声、それともざわざわという胸騒ぎの音。

うた言葉淡くなれども春くれば山のなだりは花咲かむとす

前登志夫

『大空の干瀬』まえとしお・１９２６－２００８

見慣れた山の斜面（なだり）に春が来れば山桜の花がさきはじめる。かくも弛《ゆる》みなく自然の営みはつづいてゆくのに、私の歌は年とともになんと淡くなったことか。老いの嘆きだが、淡い歌もまたいいものだ。

義経の千本桜謡ひをりし父のひたひの禿《は》げ上がりゐき

前登志夫

『大空の干瀬』まえとしお・１９２６－２００８

人形浄瑠璃、次いで歌舞伎の傑作となった『義経千本桜』は兄源頼朝に追われる義経の話。「さわり」一番の聴きどころを陶然と唸《うな》る父の面影。物語の舞台である吉野の山中で、いうまでもなく酒を酌みながら。

花の上に雪降りつもる春の日にわが長《をさ》の子は妻を娶《めと》らむ　前登志夫

『大空の干瀬』まえとしお・1926－2008

「わが長の子」すなわち長男の結婚を祝う歌である。『万葉集』の昔から春降る雪は、その年の幸福を約束するめでたい印だった。おりしも咲き誇る桜の木々。吉野山では花冷えが度を越して雪になることもある。

さくら咲く山の菴《いほり》にもの思へばわが晩年の雪ふりしきる　前登志夫

『大空の干瀬』まえとしお・1926－2008

この歌も桜の花に降る雪。趣が多少異なるのは野山に降る現実の雪であり、歌人の心の中に降りしきる雪でもあることだろう。吉野山の家にいて、しずかに物思いに耽《ふけ》る。想念の山河に降りつづく「晩年の雪」。

うぐひすの鳴きそこなひも混じりつつ四月五日も過ぎてしまへり

小谷陽子

『ねむりの果て』こたにようこ

死者は忘れられて空気と化してゆく。それを年に一度、思い起こす日が命日である。四月五日は歌人、前登志夫の命日だった。作者は前の門弟。「うぐひすの鳴きそこなひ」とは自分の歌の謙遜でもあるだろう。

凧負うて少年帰る星の中

中嶋鬼谷

『茫々《ぼうぼう》』なかじまきこく・1939－

春の星空の下を帰る少年。昼間、青空に揚げた大きな凧《たこ》を背中に負って。凧と少年の同士関係が保たれている間、彼は少年。この関係がやがて崩れたとき、大人になるのだろう。振り返ればはるか時の彼方《かなた》のできごと。

パスワード＊＊＊＊＊と映りいてその花の名は我のみが知る　吉川宏志

『石蓮《せきれん》花《か》』よしかわひろし・1969－

パスワードはパソコンの通行手形。正確に入力しないと次へ進めない。インターネットは巨大な暗箱。パスワードも「我のみが知る」と思っていても、背後ですべてを掌握している「怪物」がいる。その花の名も。

廃れたる城に鳥とぶ日永かな　藤本夕衣

『遠くの声』ふじもとゆい・1979－

荒涼たる岩山の古城、上空をゆっくり旋回する大きな鳥。何の城か何の鳥かは知らないが、知らないところが旅行者の目というもの。通過する風景の中を城も鳥も流れ去ってゆく、名のらぬまま。スペインでの句。

身体のどこ叩《たた》いても椿落つ　柿本多映

『柿本多映俳句集成』かきもとたえ・1928－

「身体」から椿《つばき》が落ちる？　ふつう人間から椿の花が落ちることはない。では「身体」とは何かと問うところから句の世界が開けるだろう。この句は椿の精の言葉なのか、それとも椿の花は何かの象徴なのか。

乳もらいに大の男のむごい事

『誹風柳多留《はいふうやなぎだる》』

赤ちゃんを抱えてお乳を飲ませてもらいにゆく男。妻に逃げられたか、産後の肥立ちが悪くて亡くなったか。重い病ということもある。そうした事情一切を飲みこんで「むごい事」というのだ。人の世のあわれをわかっている人である。

遺言はなし風車全力に

永島理江子

『石鼎のこゑ』ながしまりえこ・1932－

遺言は死後への言及。そんな自分のいない世界に思い悩まず、目の前の人生を全力で生きたい。一心に回る風車のように。作者は八十代半ば。十代で俳人、原石鼎《せきてい》に出会い、それが長い人生の指針となった。

茅簷《ぼうえん》相対《あいたい》して坐《ざ》すること終日
一鳥《いっちょう》啼《な》かず　山更《やまさら》に幽《ゆう》なり

王安石

漢詩大系『宋詩選』おうあんせき・1021－86

王安石は中国・北宋の文人政治家。政治改革に乗り出し、旧派の蘇東坡《そとうば》らと対立するが、詩文は認め合っていた。「鍾山即事《しょうざんそくじ》」の後半。茅葺《かやぶき》の軒下（茅簷）で向かい合うのは春の鍾山（南京郊外）。忙中閑の一刻。

上京《かみぎょう》や霞《かすみ》の奥に雪白し　　嘯　山

『律亭《りってい》句集』しょうざん・１７１８－１８０１

京の都（平安京）を東西に貫く二条大路。それを境に北の上京と南の下京に分ける。上京は御所を中心とした、いわば山の手にあたる。間近な北山や比叡山にまだ雪が残っているのだろう。嘯山は蕪村と同時代の京の人。

立ちしなふ君が姿を忘れずは世の限りにや恋《こ》ひ渡りなむ　　郡司の妻女たち

『万葉集』巻第二十

上総国（千葉県中部）の監察に来た都の役人の送別会で郡の長官の奥方たちが歌った歌。すらりとしたお姿をもし忘れなければ、死ぬまでお慕いつづけますわ。よくいうものだ、夫の評価がかかっているとはいえ。

大濤《おおなみ》のくづれて海女の流れ出《い》づ　　橋本鶏二

『橋本鶏二全句集』はしもとけいじ・1907－90

海に潜って真珠や鮑《あわび》をとる海女。岩場だろう、巨大な波が崩れて真っ白な潮の中から海女が現れた。ひっくり返した金魚鉢の水の中から金魚が投げ出されるように。橋本鶏二は三重県の人。伊勢湾の海女だろうか。

器より逃れむとして亀動くかかる徒労は心いたましむ　　尾崎左永子

『さるびあ街』おざきさえこ・1927－

水槽の亀。ガラスに爪を立てて這《は》い登ろうとするが、むなしく引っ掻《か》くのみ。亀はなぜそこにいるのかさえ知らず、ガラスを登ろうとする。人間はこうした残酷をほかの生物に強いることがある。人間同士でも。

長持に春ぞくれ行《ゆく》更衣

西鶴

『歌仙大坂俳諧師』さいかく・1642－93

綿入れを初夏の袷《あわせ》の着物に変える。更衣《ころもがえ》は旧暦四月一日、立夏のころの行事だった。今の太陽暦五月一日と考えればいい。それを綿入れとともに春が長持《ながもち》の中に去って行くとおもしろがる。西鶴自選の絵入り俳諧集『歌仙大坂俳諧師』から。

水甕の水ゆすりみるおぼろ哉《かな》

中川宋淵

『詩龕《しがん》』なかがわそうえん・1907－84

春の夜、ぼおっと発光するもの、それが朧《おぼろ》である。この句、水甕《みずがめ》を揺らすと中で水が揺れ動く。それを朧が揺れるようだというのだ。いうまでもなく甕の外も朧に包まれているだろう。宋淵は飯田蛇笏の高弟にして禅僧。

未知の太古に続くなり蟻行く地　董振華

『聊楽《りょうらく》』とうしんか

今では日本語で俳句を作る外国人も少なくない。日本人なら蟻《あり》の道がつづいていると片づけるところだが、この句、蟻の歩む大地が太古の昔へつづいているととらえる。大陸的な発想である。北京出身、金子兜太《とうた》門。

九《ここ》のめぐり春は昔に変《かわ》り来て面影かすむ今日の夕暮　明恵

『風雅和歌集』みょうえ・１１７３－１２３２

源平時代、波乱の人生を送った文覚《もんがく》上人（遠藤盛遠《もりとお》）の九回忌の歌。時は流れ、面影も霞《かす》んでしまった。遠い山のように。明恵は弟子の親戚筋、文覚は幼いころから明恵が優れた仏教者となると見抜いていたという。

夕焼や哀しみの端持たさるる　　春日石疼

『天球儀』かすがせきとう・1954－

「哀《かな》しみの端」とは何だろう。想像されるのは何か知らない大きな哀しみがあって、作者もその哀しみに触れているということ。そういえば生きること自体、大きな哀しみに触れていることではないか。沈黙の夕焼け。

歌舞伎にも夏来たりけり女伊達　　小田切輝雄

『甲武信《こぶし》』おたぎりてるお・1942－

強きをくじき、弱きを助ける。何の演目か、舞台にひときわ艶《あで》やか女伊達《だて》が登場して、町のならず者どもをコテンパンにやっつける。粋だねえとため息を誘う女伊達の、スカッとした気《き》っ風《ぷ》に夏を感じているのだ。

わが屋戸《やど》の池の藤波咲きにけり山郭公《やまほととぎす》いつか来《き》鳴かむ

読人しらず
『古今和歌集』

わが庭（屋戸）の藤の花が咲き、紫の房が池に映って揺れる。時鳥《ほととぎす》はいつ来て鳴くのかしら。晩春から初夏へ。桜が咲き、藤が咲き、卯《う》の花が咲いて時鳥が鳴く。季節は一つ一つ定石を踏んでめぐるものだった。『古今和歌集』夏歌《なつのうた》の巻頭。

◎五月

みづからを灼《や》きつくすごと首振りて夜すがら絲《いと》の炎吐ける蚕　竹重百合枝

『こぼれまゆ』たけしげゆりえ

玉繭、美しい言葉である。蚕が二つこもって作る双子の繭だが、規格外として弾《はじ》かれた。作者はそんな「落ちこぼれ繭」の糸を紡ぎ、草木で染め、布に織ってきた。切実な命の営みをみたからである。歌集『こぼれまゆ』の十首をたどる。

染液に浸すたまゆら白絲《いと》はかそけきこゑあぐ罪なせるかな　竹重百合枝

『こぼれまゆ』たけしげゆりえ

蜜色に輝くばかりの生糸の束を、草や花の色に染める。糸にとっても人にとっても喜びの瞬間かと思えば、白糸のかすかな声が聞こえる。染めるひとの心の耳だけに届く、染められるものの痛みの声である。

天地の未だ別れぬ渾沌《こんとん》に経緯の始源《はじめ》さやにありしか
竹重百合枝

『こぼれまゆ』たけしげゆりえ

機にかけた縦糸（経）の間に横糸（緯）を通してゆく。これが古今東西、布を織るということ。東経、北緯という言葉からわかるように、女たちが織る織り物の縦糸と横糸は人類の世界認識の基本構図となった。

二百反織りし無数の杼《ひ》の軌跡もつれみちたる機屋のぞくな
竹重百合枝

『こぼれまゆ』たけしげゆりえ

縦糸の間を滑って横糸を走らせる「小さな舟」が杼。一反の布を織るのに杼は何千回何万回、行き来するのか。二百反なら？　機屋の空間には杼の見えざる軌道が入り乱れる。繭にこもる蚕の吐く糸にも似て。

夜の間に億光年の星にふれ帰り来しごと朝の杼《ひ》はあり

竹重百合枝

『こぼれまゆ』　たけしげゆりえ

朝、機屋に入ると光の中に杼が置かれていた。その姿に宇宙的な静かさを感じたのだ。杼は織り物の右と左を往復するだけの道具である。しかし宇宙の端から端への往復にも匹敵する。それが織り物というもの。

琴座より解かれてヴェガは万年後北極星となるとふ流転

竹重百合枝

『こぼれまゆ』　たけしげゆりえ

星座は地球から見える幻影。遠い星も近い星もあるから宇宙が拡大しつづけるかぎり、徐々に形を変えてゆく。悠久の時をかけたベガの変転に思いをはせる。ベガは七夕の織り姫星。作者にはゆかりの星である。

いつの日か己も解かむあんず色にわが歳月の透きとほりゆけ　竹重百合枝

『こぼれまゆ』たけしげゆりえ

生家の大納屋を解体したときの一連の歌のあとに置かれている。私の体も心も納屋と同じように解かれる日が来るだろう。納屋を解く、私を解く。「解く」という、これも織り物にかかわる言葉から生まれた歌だろう。

鄙《ひな》びたるわが富岡の町並みは今し消えゆく巨き力に　竹重百合枝

『こぼれまゆ』たけしげゆりえ

蚕の吐く絹によって日本の近代は支えられた。ところが戦後、蚕も桑畑も役目を終えて消えていった。作者はその象徴、富岡製糸場のある群馬県富岡市の人。時代の「巨《おお》き力」をひしひしと感じてきた人である。

上州の大川小川の川沿ひに製絲《せいし》場ありて国興《お》こせし日　竹重百合枝

『こぼれまゆ』たけしげゆりえ

生糸の生産に欠かせぬもの。清らかな水と少女たちのしなやかな手。この二つを供給できたのが各地の山村だった。明治時代、製糸場ができると貧しい村が活気づいた。少女たちの過酷な歴史はあるにしても。

苦しみの杼を置き草に看取《みと》られて露と消えむ日おもひまぶしむ　竹重百合枝

『こぼれまゆ』たけしげゆりえ

草に倒れ伏す。そして草におく露のように消えてゆく。昔から心の奥に秘め、ときおり見える死の幻想だろう。「苦しみの杼《ひ》」とある。機を織るのはやはり命を削る苦しみなのだろうか。「生涯に一冊」という歌集『こぼれまゆ』から。

いつの時代のことでしたか、あるエンペラーの宮廷での物語でございます。

毬矢まりえ、森山恵訳『源氏物語』

まりやまりえ／もりやまめぐみ

いづれの御時《おおんとき》にか。『源氏物語』の書き出しの現代語訳。桐壺更衣は「キリツボのレディ」となる。A・ウェイリーの英訳本を日本語に訳した。外国人の目を通過することによって、日本でもヨーロッパでもない国の物語に生まれ変わった。

するが地《ぢ》や花橘も茶の匂ひ

芭　蕉

『炭俵』ばしょう・1644－94

静岡県の観光キャッチフレーズかと見まがうばかりの一句。しかし古典主義者の芭蕉らしく、「五月まつ花橘《はなたちばな》の香をかげば」の古歌をちゃんと踏まえる。茶所の駿河では、橘の花さえお茶の香りがする。芭蕉一門の俳諧選集『炭俵』から。

映画果てまぶしむ夏ぞら弾《はじ》かれて遠いところに吾は来てゐる　川野里子

『歓待』かわのさとこ・1959－

映画は観《み》る、テレビは見る。両者の違いは「みる意志」の有無と思っていたが、映画館を出た瞬間の世界の眩《まぶ》しさもテレビにはない。映画の物語から一挙に現実へ引き戻される。見知らぬ国へ来てしまったような錯覚。

「らつしやい」と眉のみあげて鮨《すし》にぎる　狩野敏也

『万余の夢』かのうびんや・1929－2019

「いらっしゃい」は歓迎の挨拶。もともとは「いらせられ」（おいでなさい）がこうなったという。さて江戸の感覚では何事も略して簡単であるのが粋。したがって最初の「い」は主人の口の中で嚙《か》み捨てられる。

散りはてて花のかげなき木《こ》の下《もと》にたつことやすき夏衣かな　慈円

『新古今和歌集』じえん・1155－1225

一つの言葉の二つの意味を逆手にとるダジャレ。和歌の掛詞《かけことば》もそれに似ている。葉桜の下を立ち去るのに未練はない。薄い夏衣を裁つのもたやすい。二つの文が掛詞の「たつ」（発つ、裁つ）で貼り合わされている。

虹のない空をとびたち水のない大河をこえよ振り向くなツバメ　石田郁男

『ハクナ　マタタ』いしだいくお

虹のない空、水のない大河。「ない」という否定形でしか表現できない「欠落した世界」。作者の目に世界はそう映っているということだろうか。フランス在住の歌人。一首ごとにフランス語訳が添えてある。

老翁《ろうおう》　七十に垂《なんな》んとするも
其《そ》の実《じつ》　童児に似たり

陸　游

漢詩大系『陸游』りくゆう・1125－1210

南宋の愛国的文人政治家。北方民族の南下と朝廷の政争に翻弄《ほんろう》されたが、晩年、故郷での生活を楽しんだ。「適《てき》を書《しょ》す」の冒頭。七十歳近いのに子どもそっくり。木の実を欲しがったり、ぼろぼろの本に耽《ふけ》ったり。

詩の欠片大西洋に拾ふ夏

向瀬美音

『詩の欠片』むこうせみね・1960－

太陽のように雄大な詩。あるとき、それが粉々に砕けて世界中にばらまかれた。海に沈んだ欠片《かけら》は長い時を経て打ち上げられる。砂浜の貝殻やガラスはその欠片なのだ。だからこそ、これほど人の心を魅了する。

虎よ！　夜の森かげで
赫々《あかあか》と燃えている虎よ！

ウィリアム・ブレイク

平井正穂編『イギリス名詩選』William Blake・1757―1827

火のような虎！「火のような」という形容は万物のなかで虎にこそふさわしい。イギリスの詩人ブレイクの「虎」はこの生き物を造った神の激烈な力をたたえる。その書き出しの二行。

人妻を卒業炎風《えんぷう》に浸る

河辺克美

『ポケットに凍蝶《いてちょう》』かわべかつみ・1942―

妻は家庭内の位置、人妻は社会での地位である。この句が「妻を卒業」ではなく、「人妻を卒業」とした理由も明らかだろう。「○○さんの奥さん」として安住していた今までの自分にさよならしたのだ。

横浜に行ったらほんとに恋人になってしまうよねえ帰ろうよ
上澄眠

『苺《いちご》の心臓』うわずみみん・1983―

自分の主張を素朴なメロディーに乗せて語るラップ。抑揚を殺したあのタラタラ感がたまらなくいいという人もいる。この歌は明らかにラップ。恋に踏み出せない気弱な心理を詠《うた》う。一九八三年、神奈川県生まれ。

城仰ぐ木の芽田楽焼くるまで
中川雅雪

『五月晴《さつきばれ》』なかがわがせつ・1948―

山椒《さんしょう》の芽を擂《す》り入れた木の芽味噌《みそ》を、豆腐にべたりと塗って炭火で焼く木の芽田楽。豆腐というより緑の山河を味わう豆腐料理の逸品である。青空の天守閣を仰いで焼けるのを待つ。時間もしばしゆったりと流れる。

なめらかに陽炎動く馬体かな　藤木俱子

『星辰《せいしん》以後』ふじきともこ・1931－2018

走るというただ一つの目的のために磨きあげた競走馬。そのみごとな肉体が陽炎《かげろう》の中に立っている。「なめらかに」という言葉、ここでは艶《つや》やかな馬の体を舐《な》めるように陽炎が揺れている、ということだろう。

うづしほの中心動く涼しさよ　蝦名石蔵

『旅信』えびないしぞう・1949－

海流のはざまに現れた巨大な渦潮。その中心点がゆっくりと移動してゆくのだ。何を見ているかしれない巨人の目のように。その視線のはてしなさが涼しさを呼ぶのだろう。人間のスケールを超えたものが世界にはある。

静《しずか》な夜口笛の消え去《い》る淋しさ　鶴　彬

尾藤一泉《いっせん》編『鶴彬の川柳と叫び』つるあきら・1909－38

「手と足をもいだ丸太にしてかへし」。名川柳を残し、戦前の闇黒《あんこく》に短く強い光跡を刻んだ鶴彬。昭和十三年、治安維持法違反で留置中、赤痢にかかり、病院で死去。二十九歳。口笛は十五歳の作。

白玉の氷を匙《さじ》で突き崩すあわれ夏の日　雲ひとつ浮く　福島泰樹

『大正行進曲』ふくしまやすき・1943－

なんと透明な歌であることか。白玉ののったかき氷を食べているだけのことなのに。激情の短歌で知られる作者の心の奥に眠る宝石のように。大逆事件（明治四十三年）を経て迎えた「大正」を短歌で蘇《よみがえ》らせる歌集『大正行進曲』から。

少年は一群の葦明け方の飢えさわやかになびき始めつ

佐藤通雅

『薄明の谷』さとうみちまさ・１９４３−

「明け方の飢え」。思春期の少年たちの性（性欲やら妄想やら）を想像させる表現である。彼らは夜明けの風にそよぐ青い葦《あし》のようだというのだ。濁流のような大人の世界のかなたに浮かんでいる清らかな水辺の幻。

罌粟《けし》ひらく髪の先まで寂しきとき

橋本多佳子

『紅絲《こうし》』はしもとたかこ・１８９９−１９６３

女の黒髪は女とは別の生き物。主《あるじ》を離れて呼吸をし、もの思う。ときには女その人よりも女である。この句は近代において特筆すべき黒髪の句。主の寂しさを主に代わって訴えているのだ。妖しい罌粟の花とともに。

つい近ごろと戦争をわが言ひしかば若き者ども皆哄笑《こうしょう》す　柴生田稔

『入野』しぼうたみのる・1904－91

終戦の十八年後、昭和三十八年の歌。このときでさえ、こうなのだから、いま「この前の戦争」などといえば若者はどう反応するか。どこか遠い国のできごとのように聞き流すのではないか。冷笑さえ起こることなく。

花に朴人にはありし志　後藤比奈夫

『花びら柚子《ゆず》』ごとうひなお・1917－2020

俳句を作る側に立てば「朴《ほお》の花」としそうだが、そうでない。「花に朴」、四季折々の花の中に、あのみごとな朴の花があるように、人には志というものがある。いや、昔はあったといいたいのだ。そして今は？

◎六月

噴水や神戯るゝしづけさに

松村禎三

『旱《ひでり》夫《お》抄』まつむらていぞう・1929―2007

オペラ「沈黙」の作曲家、松村禎三。彼は東京清瀬の結核療養所ですごした二十一歳から六年間、俳句を作った。人間の生死をもてあそぶ神の戯れ。噴水の頂に躍る水を見ながら、永遠の静寂に聞き入っている。

炎天より入り来し蝶のしづまらず

松村禎三

『旱夫抄』まつむらていぞう・1929―2007

病室に迷いこんだ夏の蝶《ちょう》。句に描かれるのは音のない蝶の映像。その無音の映像からガラス戸を打ちつづける蝶の羽の音が聞こえる気がする。その羽音が静かさをさらに深める。もの狂おしいような真昼の静けさ。

屋上に見て部屋に見て寂しき虹

松村禎三

『旱夫抄』まつむらていぞう・１９２９－２００７

開かれた屋上で仰いだ虹。閉ざされた病室で眺める虹。病室で見るから寂しいというのなら理屈。どちらからも見えたからこそ寂しいのだ。地上の人間界から隔絶した天空にかかる虹。永遠なるものの寂しさだろう。

月の夜がつゞく噴水底まで涸れ

松村禎三

『旱夫抄』まつむらていぞう・１９２９－２００７

涸《か》れた噴水に毎夜、月光が降りそそぐ。静かな夜を描いているのだが、噴水の水の音がたしかに聞こえる。松村の句は静寂を描きながら、はるかな音を響かせる。音楽家は音を奏でながら静寂を出現させる。その逆。

月明に飛び翔《た》つ穂絮のこと思ふ

松村禎三

『阜夫抄』まつむらていぞう・１９２９－２００７

私の魂も、ある夜ひそかに月の光を浴びて空へ旅立つだろう。あの草の絮《わた》（種子）のように。昨日まで人のいたベッドが、今日は白いシーツに覆われている。結核が死病であった時代、療養所は死への門でもあった。

麦笛が線路越えゆく今が晩年

松村禎三

『阜夫抄』まつむらていぞう・１９２９－２００７

晩年といっても作者はこのとき二十代半ば。肺結核の身としては、「若すぎる晩年」だった。夜の雰囲気がある。麗しい初夏の夜、闇の彼方《かなた》から麦笛が聞こえ、踏切を渡ってゆく。この線路とは死線にほかならない。

死の如《ごと》し西日に噴水音たてずに　松村禎三

『旱夫抄』まつむらていぞう・１９２９－２００７

さかんに上がる噴水を見つめているうちに、その音が消えてゆく。無音の噴水。そのように音をたてず近寄ってくる死。いや、すでにそこに迫っている死を直感している。死と隣り合わせる結核療養所の日々の中で。

全身老ゆオリオンの盾白く寒く　松村禎三

『旱夫抄』まつむらていぞう・１９２９－２００７

戦後、結核患者には外科手術が行われた。昭和二十七、八年、松村は左右の肺の上部を切除、胸郭形成手術を受けた。「全身老ゆ」とは術後の感慨である。このとき、まだ二十四歳。半世紀前、こんな青春があった。

高々と虹病肺の蜂の巣に　松村禎三

『旱夫抄』まつむらていぞう・１９２９－２００７

「蜂の巣」とは生々しい。結核に侵され、幾度かの手術に耐えた自分の肺のことである。そのはるか上空に高々とかかる虹。松村は昭和三十年、五年間の療養所暮らしから生還。同時に作曲家、松村禎三が誕生する。

「碌でなし」と歌はれて行く五月の葬　松村禎三

『旱夫抄』まつむらていぞう・１９２９－２００７

「碌《ろく》でなし」はアダモのシャンソン。この句は寺山修司の追悼句。寺山とは俳句を通して知り合った。「コーヒーがわいたらかげ口を聞かれて……」、葬儀でこの歌が歌われたか。「碌でなし」が賛辞となる詩人だった。

長安に男児有り、
二十　心　已《すで》に朽ちたり。

李　賀

漢詩大系『李賀』りが・７９０―８１６

二十七歳で急死した唐の詩人。皇帝と同族だったが、何者かの策謀で官途を閉ざされる。鬱屈《うっくつ》した日々を送り、失意のうちに病死した。希望にもえる年ごろなのに二十歳で心は朽ち果てた。「陳商に贈る」の書き出し。

声はせで身をのみこがす蛍こそいふよりまさる思ひなるらめ

玉　鬘

『源氏物語』蛍の巻　たまかずら

玉鬘は夕顔の忘れ形見。母の死後、九州で育ち、源氏にかくまわれた。ある夜、寝所に蛍を放って弟宮にその姿を見せる。声もなく身を焦がす蛍のほうが思いは深いのでは、とは言い寄る弟宮への玉鬘の返歌。

夫婦というくすぐったさよ　ていねいに靴を揃《そろ》えてはじまる暮らし

田中ましろ

『燈心草《とうしんそう》を香らせて』たなかましろ・1980－

生まれも育ちも価値観も違う二人がいっしょに暮らすのが結婚。周囲から祝福されてはいても、多少ギクシャクして当たり前。そのギクシャクこそが新鮮なのであり、この歌の「くすぐったさ」でもある。

赤貧洗ふが如く錦魚を飼ひにけり

飯田蛇笏

『飯田蛇笏集成』いいだだこつ・1885－1962

貧しい家で金魚を飼っている。「赤貧洗うが如《ごと》し」とは、あまりに貧しくて水で洗い流したように何もないこと。この家の主はそんな貧しい暮らしの中にも、ささやかな風流を見出《みいだ》している。明治時代の風景である。

白南風に洗ひざらしのふたりかな　山崎照三

『あはうどり』やまざきしょうぞう・１９３９－

年季を積んだ夫婦か恋人。何度も洗って干して色褪《あ》せたシャツのように。いくつもの思いを胸に梅雨明けの風に吹かれている。南風には黒と白がある。梅雨をもたらす風が黒南風《くろはえ》、北へ追い払う風が白南風《しろはえ》。

「時間」は若者の輝く栄光を蹂躙《じゅうりん》し、
美しい女性の額に幾筋もの深い皺《しわ》を刻みつけてゆく。――

ウィリアム・シェイクスピア

平井正穂編『イギリス名詩選』William Shakespeare・１５６４－１６１６

人類最大の敵は時間だったかもしれない。文化ごとに戦い方は異なるけれど。若さも時間に食い荒らされる。それでも若さを永遠に讃《たた》えるとつづく。ソネット「波が浜辺に打ちよせるように」の一節。

ふるさとがいっぱい夏帽子の中

中村克子

『沈黙は距離』なかむらかつこ・1937－

麦藁《むぎわら》で編んだ鍔広《つばびろ》の帽子。かぶれば大きな日陰を作ってくれるが、それだけが用途ではない。トマトやナスやトウモロコシを入れて畑から家まで運ぶ。いっしょに入道雲も蟬《せみ》しぐれも。そんな思い出の句だろうか。

をぶねさし手折《たお》りて袖にうつしみん蓮《はす》の立葉《たちは》の露のしらたま

藤原俊成

俊成家集『長秋詠藻』ふじわらのしゅんぜい・1114－1204

池の水面から立ち上がって開いた蓮の立ち葉。そのくぼみでゆらゆら揺れている玉のような露。あまりの美しさに自分のものにしたいというのだ。小舟を漕《こ》いで手折って袖にのせて、つくづく眺めてみたい。

咲きさうな蕾あちこち蓮見舟　栗林白霜

『大干潟』くりばやしはくそう・1943−

早朝、蓮池《はすいけ》に乗り出して花を眺めるのが蓮見舟。ちょっと気が早すぎたか、花よりも蕾《つぼみ》が多い。蓮の花は開けば、みごとなもの。あすにも咲きそうな蕾なら、宝珠の尖端《せんたん》が開いて花びらの紅がのぞいているだろう。

静かなる入江へ舟を曳《ひ》くように沈思あるべし小さく揺れつつ　松村由利子

『光のアラベスク』まつむらゆりこ・1960−

何やら騒がしいご時世。そんな時代だからこそ静かに思いを深めつつ生きたい。それが歌の「沈思」であり、ふつう黙考とつづく。揺れながら入江に入る小さな舟の映像を借りて、心の世界を描き出している。

あめんぼの水輪に闘志らしきもの

清水和代

『遊子』しみずかずよ・1960－

細い鋼線の足をもつアメンボウ。その姿が馬に似ているので水上の馬、水馬とも書く。観察すれば、じっさいポロの試合のように闘いあうこともある。小さな昆虫の世界とはいえ、仇《かたき》もいれば恋の鞘《さや》当てもあるだろう。

大陸にたったひとりの血縁が手を振りながら近づいてくる

久保富紀子

『旅行鞄《かばん》』くぼふきこ

旅行は愚か者の天国、といったのはアメリカの思想家エマーソン。しかし旅行で気づくことも多々ある。たとえば自分の小ささ。この歌の「たったひとりの血縁」もそうした発見の一つだろう。外国の空港での光景か。

その日より七十年の大夏木　島田藤江

『泥眼《でいがん》』しまだふじえ・１９３７－

空をおおうように茂る樟《くす》か欅《けやき》か。昭和二十年八月十五日の敗戦の日もその木はそこに立っていた。まだ若々しい姿で。そしてその日からの歳月をともに生きてきた。そっとたたずんで。時代が巡っても樹木は動かない。

no warを叫びながらに八月の空の谷間を墜《お》ちてゆく人　中西由起子

『夏燕《なつつばめ》』なかにしゆきこ・１９５２－

夏の空には真っ青な谷がある。ふだんは見えないが、急降下する戦闘機のパイロットの目には、空の谷間の透明な断崖がありありと姿を現す。どんな想念も叫び声も、空の谷間の青い沈黙にのみこまれてゆく。

母の家も江戸風鈴を吊《つる》す頃　　小川晴子

『今日の花』おがわはるこ・1946－

江戸風鈴はガラスの風鈴。ガラスの玉に金魚や花火の涼しい絵が描いてある。どこかで江戸風鈴が鳴って、生まれ育った家の夏のたたずまいを思い出した。母を懐かしみ、子どものころの夏を懐かしむ一句である。

水深く日のさし透るひとところ膚明りて白き鯉行く　　田谷鋭

『水晶の座』たやえい・1917－2013

水中の木漏れ日を鯉《こい》が泳いでいる。鯉は黒い真鯉のほか、さまざまな色があるが、これは白い鯉。「膚《はだえ》明りて」とはおのずから光を放つように。水と光と魚がひそやかに交差し合う。何やらなまめかしい鯉である。

薔薇こぼれをり佇《たたず》みし人あらむ　　宮津昭彦

『暁蜩《あけひぐらし》』みやつあきひこ・1929－2011

薔薇《ばら》は初夏の花、五月の大輪の一番花のあと、梅雨が明けるころまで咲きつぐ。この句、薔薇の花びらが土に散らばっている。自然に散ったにちがいないが、人の気配が漂う。花にドラマがあり、人にドラマがある。

子を怒り子と笑い子と食《は》みしのちどうと倒れて眠るわが妻　　小高賢

『家長』こだかけん・1944－2014

あっぱれ、妻の子育てを誉《ほ》めたたえる一首。作者自身も講談社の名編集者として数々の仕事をした人だったが、二〇一四年早春、急逝。六十九歳。日本人が仕事に夢を抱いていた時代の同志的夫婦関係。四十代の歌集『家長』から。

かみなりをまねて腹かけやっとさせ

『誹風《はいふう》柳《やなぎ》多留《だる》』

男の子も女の子も昔は腹掛けをした。大事なお腹《なか》を冷やさないように。赤地の布に㊎の金太郎印がでかでかと書いてあったりした。裸で走り回る子どもに「雷さまにお臍《へそ》を取られますよ」という脅しも今は効き目なしか。江戸時代の川柳。

◎七月

放たれし生き物のごと疾《はし》りゆき水は田の面《も》を隈《くま》なく満たす　山田優子

『ワタクシ in the miller』やまだゆうこ・1951―

自然な動きが難しくなるパーキンソン病。作者は二〇一三年、六十代でかかり、今は車椅子を使う。ありふれた水の動きさえ、自由なかけがえのないものに見える。短歌と素描を一冊にした『ワタクシ in the miller』から十首をみてゆく。

これ以上薄くはならぬ青色に富士山があるいつもの場所に　山田優子

『ワタクシ in the miller』やまだゆうこ・1951―

絵を描く人にとって世界は一枚の絵。短歌を作る人には一首の短歌。作者は人物や草花の素描をし、歌を詠むので、このような絵画的短歌が生まれる。近くにあって、作者の家族を見守っている富士山。

鶏が土突つき蹴りまた突つく只管なるは美しきかな　山田優子

『ワタクシ in the miller』やまだゆうこ・1951－

只管《しかん》は専念すること。大和言葉をあてれば「ひたすら」。只管《しかん》打坐《たざ》といえば、心を無にして座禅することである。鶏はただ食べるために土をあさる。そこに禅僧の座禅にも似た無心の境地を見ているのだ。

寝ましやうと一日寝てゐた猫が言ふ廊下の角に両手そろへて　山田優子

『ワタクシ in the miller』やまだゆうこ・1951－

作者は若くして結婚し、子どもたちが生まれ、養護学校の先生として働いてきた。煉瓦《れんが》を積んでゆくような、人生の小さな積み重ねがいかに大事か。あるとき人は気づくのだ。ペットの猫の気持ちにも。

我が庭にをみな集ひて蕗《ふき》を摘む腰の太きを言ひあひながら　山田優子

『ワタクシ in the miller』やまだゆうこ・１９５１－

若いころはほっそりとした柳腰も、やがてたくましい樫《かし》の幹になる。結婚、出産、子育ての歳月を経て。たしかに嘆きと諦めと笑いの的なのだろうが、作者の視点から眺めれば、まぎれなく賛嘆の対象。

体内に熾のやうなる命ある息するごとにかすかに明からむ　山田優子

『ワタクシ in the miller』やまだゆうこ・１９５１－

最初、妊娠中の歌かと思ったが、そうではないだろう。自分の体内に宿る自分の命をみつめているのだ。それは炭火（熾《おき》）のようである。そして、しずかに息をするたびに赤々と燃え立つ。大切にしたい。

夕闇につまづくやうに歩む影これは本当に私だらうか

山田優子

『ワタクシ in the miller』やまだゆうこ・1951―

人が自分の目で見られないものが三つある。生前、死後、自分の後ろ姿。後ろ姿ではないが、後ろ姿のようなものが自分の影だろう。自分の影をみると、自分の後ろ姿を見てしまったような気がする。

わが心は鉛の鏡くぐもりて緑あふるる春を映さず

山田優子

『ワタクシ in the miller』やまだゆうこ・1951―

心はこのすばらしい世界を映す鏡。そのはずなのにというのだ。どんよりと曇る鉛の鏡。パーキンソン病ゆえに、と読むべきなのかもしれないが、結びつけなくても憂いに沈む心の比喩として十分である。

わが身をば琴の鳴るやうひびかせて鍼の治療は進められゆく　山田優子

『ワタクシ in the miller』やまだゆうこ・1951－

私は横たわる琴。体の内部に何本もの見えざる琴糸が張られている。いま一人の鍼《はり》師が細い銀の鍼で琴糸をかき鳴らしながら、その奏でるかすかな音色に耳を澄ましている。美しい幻想のような光景。

いつからかわれに宿りしパーキンソン誰も気づかぬ静けさの中　山田優子

『ワタクシ in the miller』やまだゆうこ・1951－

生命の営みは大きな静寂に包まれている。たとえば草や木の花が開くとき、母親の胎内に小さな命が宿るとき、果たして誰が気づくだろうか。病もまた。人間は静寂のほとりで戯れる子どものようなもの。

花々は咲き尽さんと　花の寺　　伊丹三樹彦

『俳句納経應聖寺《おうしょうじ》』いたみみきひこ・１９２０－２０１９

花には花の命がある。すべての花は命をまっとうしようと、花開き、散ってゆく。人も同じ、私もそうありたいという思いもあるだろう。一九二〇年生まれ、九十九歳。この句の花は桜であってもなくてもよい。

饅頭に成るは作者も知らぬ智恵

『誹風柳多留《はいふうやなぎだる》』

大奥大年寄の江島と役者の生島新五郎。江戸中を騒がせたスキャンダル事件は、生島が饅頭《まんじゅう》の蒸籠《せいろ》に隠れて大奥に忍びこんだという尾鰭《おひれ》までついた。さすがに芝居作家もそこまでは考えなかったろうという川柳。大衆の妄想こそ恐るべし。

若夏の到来告げて療園の梯梧《でいご》は真紅に咲き誇り居《お》り

平得壮市

『飛んで行きたや』ひらえそういち・1936－

作者は与那国島に生まれ、昭和二十六年、十代半ばでハンセン病施設、沖縄愛楽園に入った。そこで自分で学んだ短歌や俳句をノートに記録してきた。ディゴの花咲く楽園の悲しみや喜びを。今年八十三歳。俳句短歌集『飛んで行きたや』から。

素瓶　古酒を蔵し
藍布　新晴に曝《さら》す

日原傳

『裁錦會《さいきんかい》詩集XIII』ひはらつたえ・1959－

素焼きの瓶に老酒は眠り、雨上がりの空に藍染めの布はそよぐ。運河の岸に軒を連ねる家々から煮炊きの煙が立ち上る、とつづく。「烏鎮《うちん》」の後半。中国江南の水郷での作。漢詩は今も日本で作りつづけられている。

魚の千里なるを悟らずして
終《つい》に貉《かく》の一丘なるに帰せん　陸　游

漢詩大系『陸游』りくゆう・1125―1210

世の中を憤るうちに人生は過ぎてしまう。千里を泳ぐつもりの魚も池を回っているだけ。貉《むじな》が一つの丘に巣くっているようなもの。陸游は南宋の詩人。直言居士だったため官僚としては不遇だった。「雨を聞く」の一節。

ほとばしる滝のしぶきに佇《たたず》めば虹のも中を船漂ひぬ　井上伸子

『白夜《はくや》の湖』いのうえしんこ

カナダとアメリカの国境に砕け落ちるナイアガラ瀑布《ばくふ》。水しぶきに立つ虹の中で滝見船が揺れている。北米大陸の大自然が作り出す巨大な水の崩落。轟音《ごうおん》にかき消されそうな自分を立て直そうとしているところ。

めぐり来てあふ日の首尾もよしず張よそからさゝぬ水茶やの中

腮長馬つら

『徳和歌後萬載《まんざい》集』あごながのうまつら・生没年未詳

天明時代（十八世紀後半）に流行した狂歌。王朝の和歌の技法を手練手管にした。ここは葭簀《よしず》を立てた水茶屋の一室。野暮な連中に水をさされることもなく、しんと進む男女の情事。さながら一枚の春画。狂歌集『徳和歌後萬載集』から。

椰子の実に遠泳の列乱れけり

飯田子貢

『宵山』いいだしこう・1954－

民俗学者の柳田国男は、伊良湖岬（愛知県）で椰子《やし》の実を見つけた。海がもたらす南の島からの贈り物。遠泳中、椰子の実と遭遇すれば、柳田でなくても感動するだろう。感動という言葉はこんなときのためにある。

大き海に島もあらなくに海原のたゆたふ波に立てる白雲

作者未詳
『万葉集』巻第七

何と大きな海！　島影一つない海原に波が揺れ動き、白い雲が立ちのぼる。天皇が伊勢を旅したとき、随行者が詠んだ歌という。目の前に開けた青海原がよほど新鮮だったのだろう。身も心も揺らすような歌の調べは海原の波そのもの。

楸邨のやぶれ壺なり緑さす

森田公司
『遊神』もりたこうじ・1926－

「おぼろ夜の鬼ともなれずやぶれ壺《つぼ》」加藤楸邨《しゅうそん》。窯で爆《は》ぜてしまった壺。水を溜《た》めず鬼にも化けず。自分を「やぶれ壺」といったかのような句なのだ。そんな楸邨追慕の一句。四方の緑に照り映えて照れくさそうにみえる。

馬ぼく〳〵我をゑに見る夏野哉《かな》

芭蕉

『校本芭蕉全集』ばしょう・1644－94

自分は今どんな姿か。人間はときどき自分を離れて自分を眺める。馬に乗って夏野をゆく姿は、中国の詩人のようじゃないか。江戸深川の芭蕉庵が大火で焼け、甲州へ避難するときの句。災難に襲われても余裕を失わず。

松蟬や昼深ければ人を見ず

小川軽舟

『朝晩』おがわけいしゅう・1961－

「昼深し」とは不思議な言葉。太陽が昇ってゆき、いつの間にか、しいんとあたりが静まる。いわば昼の静寂の深さをいうのだ。この句、誰もいない真昼の松林。松《まつ》蟬《ぜみ》は梅雨の前から松林などで鳴いている小さな蟬。

山また谷ながく続けるこの国と戦ひしなり敗れたるなり　島田修二

『渚《なぎさ》の日日』しまだしゅうじ・１９２８－２００４

戦後、アメリカを旅したときの歌である。延々と連なる大陸の山そして川。それがこの国の懐であり、この国の人々の懐でもある。それを知らず戦争を挑んで、という思いだろうか。すでに亡き昭和一桁世代の歌人。

深夜放送つけたるままに夜半覚む外は明るき月照るらしも　下村道子

『海山に聴く』しもむらみちこ・１９３７－

ラジオの深夜放送を聞いていると、人間の声つまりアナウンサーや語り手の声がやけに懐かしく思える。たとえば宇宙ステーションにいて地球からの声を聞けば、あんな感じがするだろうか。夜を旅する人の孤独。

あけて待つ子の口のなかやはらかし粥《かゆ》運ぶわが匙に触れつつ　五島美代子

『そらなり』ごとうみよこ・1898－1978

赤ちゃんに離乳食をあげるお母さん。小さな匙《さじ》を接点として新しい命と母親の命が一つになる。このような理想的な子育ては家族や周囲の支えで成り立っていた。母親一人に背負わせる家庭ではこうはゆかない。

絶景や峠の茶屋のかき氷　増山至風

『稲雀《いなすずめ》』ますやましふう・1936－

妙義山（群馬県）は奇怪な形の山である。大きな鋸《のこぎり》の刃を立てたような、鬼の角のような岩もある。この句の峠、どこかわからないが、かき氷を食べて一休みしているところ。切り立つ峰や目もくらむ谷を眺めながら。

と見かう見白桃薄紙出てあそぶ

赤尾兜子

『玄玄』あかおとうし・1925－81

あちらこちら見回すこと、これが「と見かう見」。ここは薄紙を解かれた白桃が、ここはどこなのだろうとあたりを見回しているところ。とある家の台所か居間か。果樹園で育った桃にすれば、はじめて見る新しい世界。

サンダルのまま足洗ふ鮎《あゆ》の川

矢野景一

『和顔』やのけいいち・1950－

裸足《はだし》になって足を洗う。これも夏らしいが、サンダルのままというと、水とサンダルと足の指の感触がよみがえる。サンダル履きで川遊びをしているのだろう。この何気ない仕草《しぐさ》が夏休みの開放感につながっている。

乱心のごとき真夏の蝶を見よ　阿波野青畝

『紅葉の賀』あわのせいほ・1899－1992

夏蝶《ちょう》、それも真夏の蝶である。さしずめ、みごとな黒揚羽《あげは》だろうか。せわしなげに夏の光の中を飛んで回っているのだろう。乱心とは心乱れること。さながら王妃のように。この場合、夏蝶の美への称賛である。

夕されば麻の葉流るみ吉野のたぎつかはうちにみそぎすらしも　如願法師

『玉葉和歌集』にょがんほうし・1184－1240

旧暦六月末日の夏越《なごし》の祓《はら》え。一年の折り返し点であり、あすは文月（旧七月）、秋に入る。吉野川（奈良県）の「激《たぎ》つ川内」、激流で夏祓えの禊《みそぎ》をしたらしい。切って散らした麻の葉が夕暮れにはここまで流れてきたよ。

◎八月

ゆふだちに何もきこえず静なり　　成美

『夏目成美全集』せいび・1749－1816

江戸の町に降りしきる夕立。土砂降りなのに「静《しずか》なり」という。心に広がる静寂だろう。江戸時代半ば、蕪村から一茶への橋渡し役を果たした成美。本業は浅草蔵前の裕福な札差《ふださし》だった。『夏目成美全集』から晩夏初秋の十句を選んだ。

夕風や不二の裾まで秋の草　　成美

『夏目成美全集』せいび・1749－1816

江戸の町にも朝夕は秋風が吹きはじめるころ、ふと富士の裾野の草原を思い浮かべた。今ごろはもう薄《すすき》や萱《かや》が夕暮れの風にそよいでいるだろう。秋風に誘われて心ははるか彼方《かなた》へ。眼前の景色と解すれば興味半減。

白露の夢のあたりまでおきにけり

成美

『夏目成美全集』せいび・1749－1816

明け方、夢から覚める。その夢の世界まで白露が置いていたなあ。「けり」はただ「置いていた」というのではなく、「思い返してみれば置いていた」という追憶の切れ字。心の奥に眠る夢にまで分け入る繊細な一句。

天の河豆腐の水にかよへかし

成美

『夏目成美全集』せいび・1749－1816

天《あま》の河《がわ》の水よ、さあ冷奴《ひややっこ》の鉢に流れこんでこい。夜空の銀河に呼びかけているのだ。子どもみたいな大人の願いだが、それこそが俳句のおかしさでもある。「名月を取《とっ》てくれろと泣く子哉《かな》」（一茶）と同じ流れの句。

夏と秋とふたつにわりし西瓜哉《かな》

『夏目成美全集』せいび・１７４９－１８１６　成美

立秋（今年は八月八日）の前後に出回る西瓜《すいか》。世間では夏の果物だが、俳句では古来、初秋の季語にしてきた。夏と秋、現実と文学、西瓜のもつこの二重性を、みごと一刀両断。ほらごらん、半分は夏、半分は秋。

うちはもつ人はこゝろのやはらかき

『夏目成美全集』せいび・１７４９－１８１６　成美

団扇《うちわ》の風の柔らかさ、しなやかさ。さらにいうなら、団扇のまとう安らかなオーラを単刀直入に一句にした。団扇を手にすれば、たとえ鬼であろうと大蛇であろうと誰だって心が柔らかくなる。団扇の功徳だろう。

汁好《しるずき》のうれしきあきにうつりけり　成美

『夏目成美全集』せいび・１７４９－１８１６

月僊《げっせん》上人という坊さんが大きな茄子《なす》を二つ絵に描いた。それに添えた一句。お澄ましか味噌《みそ》汁か、好みをいえば冷たくした澄まし汁かもしれない。いずれにしても汁好きには茄子は重宝、それも秋の茄子というのだ。

つゆの身とおもひもかけず相撲とり　成美

『夏目成美全集』せいび・１７４９－１８１６

小錦を新幹線で見かけたことがある。引退後だったが、やはり巨漢。「露の身」（露のようにはかない身）は文学で使い古されてきた言葉。それを江戸風に仕立て直す、相撲取りはとても「露の身」とはいえないね。

我帰る家は見ゆるぞ露の中　　成美

『夏目成美全集』せいび・1749－1816

我帰る家？　わが家が遠くに見える。そのあたりいちめんに露が置いている。これが句の表の意味である。しかし「我帰る家」は私が最後に帰り着く家、つまり死でもあるだろう。そう思わせるのは露の働きである。

それまでの命こらへん風の秋　　成美

『夏目成美全集』せいび・1749－1816

来年の中秋の名月にまた。大坂に遊んで再会を約して別れた。しかし老い先短い我が身を思えば、約束が果たせるかどうか。「命こらへん」、風に消えかかる蠟燭《ろうそく》の火のような命をどうにか持ちこたえようというのだ。

ペースメーカーでありし部品が骨として仕舞《しま》われしのち骨上げ終わる

向山文昭

『ディーゼルの列車』むかいやまふみあき

ペースメーカーにかぎらず、体内に何かを埋めている人は少なくない。最終的にそれがどうなるのか、この歌が描くのも一つの形。お世話になったのだから丁重に取り扱う。これも現代の礼というものだろう。

あら世帯何をやつても嬉《うれ》しがり

『誹《はい》風《ふう》柳《やなぎ》多留《だる》』

箸が転んでもおかしがるのは若い娘さん。膝小僧ばかりか心までくすぐったい年ごろなのだ。この江戸川柳の新所帯は新婚のお二人。二人でいれば何をやっても楽しくうれしい。そんな時期がたちまち過ぎてしまうのもまた今昔を問わず。

楽浪《ささなみ》の志賀《しが》津《つ》の浦の船乗りに乗りにし心常《つね》忘らえず

作者未詳
『万葉集』巻第七

この歌のいいたいことは最後の「心常忘らえず」。あのときの二人の心を今も忘れない。歌の前半はその心を情景で描き出す。志賀（琵琶湖）の港から船に乗るように新しい人生に乗り出したときの心、というのだ。

大君の宣《の》りたまふべき詔旨《ミコト》かは―。然《シカ》るみことを　われ聴かむとす

釈迢空
『倭《やまと》をぐな』しゃくちょうくう・1887―1953

「昭和二十年八月十五日、正座して」とある。その日正午、多くの家のラジオの前で同じ光景がみられたはずだ。現人神《あらひとがみ》とされた昭和天皇の敗戦の詔勅。それは「正座して」聴くべきものだった。迢空五十八歳。

乗りこえて君らが理解し行くものを吾《われ》は苦しむ民衆の一語　近藤芳美

『埃《ほこり》吹く街』こんどうよしみ・1913－2006

「乗りこえて」とは敗戦と敗戦のもたらした価値観の大転換をさしている。鬼畜米英の軍国主義から欧米流の民主主義へ。解放ではあるが無節操ともとれる日本人の変貌《へんぼう》に戸惑っている。敗戦のとき、三十二歳。

日本語を話すとき英語を話すとき微妙に変はる娘のせいかく　江國梓

『桜の庭に猫をあつめて』えくにあずさ・1957－

言葉は意思疎通の道具と思われている。しかし道具などに留《とど》まるものではなく、どの言語を使うかによって人間の態度や意識は明らかに変化する。二国語を話す娘を観察しながらそこに気づいた一首。

父・娘・母・息・離《か》れ棲《す》みて夜を光りゐる家族星座と呼びてみたりし

金澤照子

『風にまぎれて』かなざわみつこ・1934―

「家族星座」とはおもしろい言葉だ。戦後の高度経済成長時代に古い大家族が崩壊し、夫婦を単位とした核家族に変わった。親と子も同じ家に住まない。ただ離れ離れでありながら家族の意識でつながっている。

花裏を流るる雨や白芙蓉

安藤恭子

『とびうを』あんどうきょうこ・1959―

先日、北鎌倉の東慶寺に行ったら、もう白い芙蓉《ふよう》の花が咲いていた。明るい緑の葉と白い大きな花。盃《さかずき》のような花の裏をのぞくと、刈り上げの子どもの頭のようにさっぱりしている。句もすでに初秋の雨である。

人声をただ音と聞き秋の旅　　　福島たけし

『寒オリオン』ふくしまたけし・1951－

旅とは何かを通過すること。人々の話し声をただ音として聞きながら、その街を通り過ぎてゆく。人間のおしゃべりは音と意味でできているが、意味がわからなければ音のみ。音楽や小鳥のさえずりと同じ。

枝豆を枝からはづす花鋏　　　佐川盟子

『火を放つ』さがわめいこ・1962－

初秋を知らせる緑の枝豆。食べ方の手順は家庭によってそれぞれだろうが、ここでは台所用の鋏《はさみ》ではなく園芸用の鋏で切っている。生け花の鋏かもしれない。いずれにしても鋏に添えた「花」の一字が風流の証し。

紫の色に心はあらねども深くぞ人を思ひそめつる　　醍醐天皇

『新古今和歌集』だいごてんのう・885－930

紫草の根汁で繰り返し染めると、紫色は深まってゆく。その深い紫のように、私の心は深くあなたを思うようになってしまった。醍醐天皇は聖帝と仰がれた平安時代前期の天皇。藤原家のある娘に贈った恋の歌。

船になり帆になる風の芭蕉かな　　一晶

『我が庵《いお》』いっしょう・?－1707

大きな緑の葉が悠然と揺れる。バショウは秋風を愛《め》でるために庭に植えられた。その葉を船や帆にたとえながら、秋風を描いているのだ。あんなに暑かったのに、やっと涼しくなったと。一晶は芭蕉と同時代の人。俳諧選集『我が庵』から。

鳩の声肩にとゞくや夏木立　　麦　水

『葛箒《くずははき》』ばくすい・1718－83

木かげで涼んでいるところだろうか。鬱蒼《うっそう》と茂る大樹のどこからか、山鳩《やまばと》（野生の鳩）のくぐもった声が聞こえる。耳に届くでは駄句にもならないが、肩に届くといえば一句になる。麦水は江戸中期、金沢の人。俳諧句集『葛箒』から。

秋風の一大虚無であらんとす　　行方克巳

『晩緑』なめかたかつみ・1944－

虚無とは空っぽで何もないこと。ふつういい意味では使われない。この句、巨大な虚無の塊でありたいという。秋風のように、秋晴れの青空のように。虚無に実や有以上の価値を見出《みいだ》してきたのが東洋の精神でもある。

寝ころべば大地が動く鰯雲《いわしぐも》　延原忠保

『いわし雲』のぶはらただやす・1930－

子どものころ、草に寝て空を眺めたことがあるだろうか。浮き雲が次々に青空に現れては流れていった。大空の果てまで。ところが、この句は逆。寝ころんだ大地とともに自分が流れてゆく。この世界の果てまで。

孤雲《こうん》　自《おのずか》ら舒巻《じょけん》し
萬類《ばんるい》　各々《おのおの》生成す

元　肇

漢詩大系『宋詩選』げんちょう・?－1244

「間居」の冒頭。静かな家で空を眺めていると、雲が姿を変えながら流れてゆく。棚引くように、渦巻くように。大空の下の自然はどれも命のおもむくままに生きている。天地と一体の境地。元肇は南宋の僧侶。

川風の涼しくもあるか打ちよする波とともにや秋は立つらむ　紀貫之

『古今和歌集』きのつらゆき・872?－945?

涼しい風が川面をわたる。その風に吹かれて川波が立ち、その波とともに秋も立つらしい。立秋の日（今年は八月八日）、宮廷の人々が鴨川で舟遊びをしたときの歌という。『古今和歌集』秋の巻は秋風を賛美する歌ではじまる。その二首目。

海へ去る水はるかなり金魚玉　三橋敏雄

『畳の上』みつはしとしお・1920－2001

あらゆる水は海に向かって流れている。夕立も人間の飲み水もプールの水も海へ向かう。そこに留《とど》まっているように見えても、いつかは海へ流れ去る。金魚鉢の水のように。水のたどる長い旅路を思いやっている。

崩るるは簗のみならず山河はも　水内慶太

『水の器』みのうちけいた・1943－

川の流れに竹の簀《す》の子《こ》を掛けて鮎《あゆ》をとる簗《やな》。ひと夏を越すと、あちこちゆるみ、破れて流されてしまう。これが秋の崩れ簗。この句、山も川も崩れてゆくというのだ。昨今の山林の荒廃に心を痛めている人だろう。

野菊道数個の我の別れ行く　永田耕衣

『蘭位《らんい》』ながたこうい・1900－97

自分は一つとみな思っている。ならば「数個の我」とは何か。ここに描かれるのは自分と別れてゆく自分。子どものころの自分、若き日の自分、昨日の自分、今日の自分。さまざまな自分と別れながら人生はつづく。

◎九月

新涼や銀座に突如能楽堂　小島一慶

『入口のやうに出口のやうに』こじまいっけい・１９４４－

外国人観光客で賑《にぎ》わう銀座。一昨年（二〇一七年）春、開店した銀座シックスの地下に観世能楽堂がある。近くには歌舞伎座。銀座ならではの光景だろう。ベテラン・アナウンサーの句集『入口のやうに出口のやうに』の十句を紹介したい。

失《な》くしたる水音数寄屋橋残暑　小島一慶

『入口のやうに出口のやうに』こじまいっけい・１９４４－

ラジオドラマ「君の名は」で二人がすれ違うのが数寄屋橋だった。「君の名は」と聞いてアニメを思う世代には通じない。もとは江戸城外堀の橋。先の東京五輪を前に埋め立てて今は巨大な交差点。

ゆふかぜのほどくひかりやさるすべり

小島一慶

『入口のやうに出口のやうに』こじまいっけい・1944－

晩夏から初秋へ、通りや公園を彩る百日紅《さるすべり》。まるで泡が湧くように紅や朱や白の花が咲きつづける。熱暑の一日もようやく夕風が立つころ、強烈な日差しにも衰えが兆す。光を解《ほど》くとはそのこと。

我のなき一《ひ》と日《ひ》が見たし百日紅《さるすべり》

小島一慶

『入口のやうに出口のやうに』こじまいっけい・1944－

人々の行き交う街頭、きらきらと湧き上がる噴水。自分がいなくなったあとの風景のような気がすることがある。この句も見てみたいといっているが、見えてしまったのだ。だから見たいといえる。

ひぐらしのこゑ父母を知らぬ声

小島一慶

『入口のやうに出口のやうに』こじまいっけい・1944－

蜩《ひぐらし》ははるかな声である。彼方《かなた》から聞こえ、彼方のものを呼びつづける。世界には父母を知らない人がたくさんいる。その人の心の声のようでもある。昆虫は親を知らないなどと読んではいけない。

蓮の花散りておのれを解体す

小島一慶

『入口のやうに出口のやうに』こじまいっけい・1944－

蓮《はす》の花がみごとな盛りをすぎて散りはじめる。花びらが開ききって、もはや閉じる力がなくなる。やがてひとひらずつ花から外れ、水の上に散らばる。無残にして華麗な自分の始末のつけ方。

この世だけつながる電話いわし雲　小島一慶

『入口のやうに出口のやうに』こじまいっけい・1944－

今や地球上だけでなく宇宙船や宇宙基地にも通じる電話。しかしスマートフォンの進歩は目まぐるしいといっても、生前や死後へ通じる機種はない。現実の世界という狭い檻《おり》に幽閉されている人類。

まんじゅしゃげ二度つぶやけば呪文めく　小島一慶

『入口のやうに出口のやうに』こじまいっけい・1944－

ブッダが菩薩《ぼさつ》たちを前に教えを説いたとき、天は四つの花を降らせて祝福したという。その一つが曼珠沙華《まんじゅしゃげ》。どんな花だったかは不明だが、彼岸花の別名になった。呪文めいているのもそのはず。

我のこと我は好きなり八つ頭　　小島一慶

『入口のやうに出口のやうに』こじまいっけい・1944－

自分を心底嫌いな人はいないだろう。多少でも見所があると思えばこそ折り合いをつけて生きている。ヤツガシラは芋の一種。親芋小芋が分かれず、玉となるので頭がいくつもあるようにみえる。

あつぱれは天下の言葉芋の秋　　小島一慶

『入口のやうに出口のやうに』こじまいっけい・1944－

満開の桜の山を秀吉が扇を手にほめている。「あっぱれ」という言葉にはそんな長閑《のどか》なイメージがある。常人が口にしても、なかなかさまにならない。まさに天下人にふさわしい言葉なのだろう。

緑蔭にゐてはるかにも大きな木　　仙田洋子

『はばたき』せんだようこ・１９６２－

真夏の暑い日でも大きな樹木のかげは涼しい風が吹いている。緑濃い梢《こずえ》が日差しをさえぎっているだけなのに、樹木の不思議な力だろうか。この句、緑蔭《りょくいん》、日向《ひなた》、その先の緑蔭という闇と光、光と闇の対比鮮やか。

天高し風のかたちに牛の尿　　鈴木牛後

『にれかめる』すずきぎゅうご・１９６１－

放牧中の牛。草原をわたる風に尿が吹かれて、たなびいて散ってゆく。爽やかな一句である。人類の歴史を振り返れば、少し前まで人間も同じだったのだが、動物は今もこのとおり。作者は北海道で酪農を営む人。

芒分け芒わけゆきなほ芒　小原啄葉

『草木《そうもく》』おばらたくよう・1921－2020

見わたすかぎりの芒原《すすきはら》。先日、白山（石川県）の麓に出かけたら、宿舎の前にこんな芒原が広がっていた。穂がひらいたばかりの花芒は、見ただけでひやりとした肌触りを感じる。やがて雪に覆われてゆく。

虫籠より放ちし虫の声を待つ　八染藍子

『ふたあゐ』やそめあいこ・1934－

虫籠から放した虫が鳴くまで、その間の静寂《しじま》。鈴虫だろうか、たちまち庭の草むらの闇に呑《の》みこまれたが、なかなかその声がしない。新しい世界に胸がまだどきどきしているのか、おもむろに羽づくろいでもしているか。

月光の駅を黒豹歩きゐる　　山内将史

『鈴の中』やまうちまさし・1958－

月夜のプラットホーム。月の光の中を精悍《せいかん》な黒豹《くろひょう》が歩いて近づいてくる。艶《つや》やかな毛並みを月光が清らかな水のように流れ、肩や背中の筋肉の動きにつれて波打つ。秋の夜の闇の化身のような黒豹。永田耕衣の門下。

来し方はみな面影にうかび来ぬ行末照らせ秋の夜の月　　藤原定家

『玉葉和歌集』ふじわらのていか・1162－1241

一寸先は闇とよくいうが、あらためて噛《か》みしめると含蓄のある言葉だ。定家の歌もそのことをいっている。来《こ》し方《かた》（過去）は思い出せる。しかし行末《ゆくすえ》（未来）は真の闇。それなら秋の月よ、明るく照らしてくれまいか。

稲妻の崩《くだけ》よふにも出来不出来

『誹風柳《はいふうやなぎ》多留《だる》』

恐ろしげに空にひらめく稲光。それが「くだける」とはおもしろい。怖がりは目も耳も塞いで縮こまってしまうが、この川柳、てやんでえ、よくよく見れば出来損ないもあるじゃねえか。雷様も仕損じなさる。作者は強がりの江戸っ子。

いつはとは時はわかねど秋の夜ぞ物思ふことの限りなりける

読人しらず

『古今和歌集』

もの思いはどの季節とかぎったわけではない。一年中もの思いの種は尽きないけれども、秋の夜こそ究極のもの思いの時間。古来、優雅に交わされてきた春秋優劣論の一つ。もの思いとはたいてい恋のもの思いだった。

天空より呵々大笑の石榴受く

九鬼あきゑ

『海へ』くきあきえ・１９４２－２０１９

呵々《かか》大笑《たいしょう》とは大声で笑うこと。石榴《ざくろ》は熟すると、真っ赤な殻が割れる。それを呵々大笑といったのではない。庭に落ちた実を拾って、ああ、この石榴は大空で笑っていたのだと思う。加藤楸邨《しゅうそん》門下、今年二月、死去。遺句集『海へ』から。

去るものは去りまた充ちて秋の空

飯田龍太

『今昔』いいだりゅうた・１９２０－２００７

大空を去ったものは何か。また充《み》ちてきたものとは何なのか。問いだけがそこにある。それが何かはわからないが、この句を読めば心の中に爽やかな秋晴れの空が広がる。そしてまた生きてゆこうという思いが広がる。

鼠の巣片づけながらいふこゑは「ああそれなのにそれなのにねえ」　斎藤茂吉

『寒雲』さいとうもきち・1882－1953

赤坂小梅、神楽坂はん子。昭和の戦争の前後、花柳界出身の鶯《うぐいす》芸者歌手の歌が流行《はや》った。美《み》ち奴《やっこ》の「あゝそれなのに」は昭和十一年の曲。鼻歌にちょうどいい名調子の歌だった。それにしても鼠《ねずみ》の巣とは何とも強烈。

霧深き森に隠そうシリアの子　宇多喜代子

『森へ』うだきよこ・1935－

シリア内戦の犠牲となり、難民となって異郷をさまよう子どもたち。悲しみをたたえた大きな目を見るたび、心が痛む。さあ、みんな霧の森に隠れてなさい。大人の愚かな戦争が終わるまで。地球的な共感の一句である。

星辰《せいしん》を七曜に隔て
河漢《かかん》を九泉に開けり

王　維

漢詩大系『王維』おうい・701頃－761

長安の近郊の始皇帝陵。王維が初めて上京したとき、そこを通りかかって詠んだ詩の一節。天の星をはるかに墓の中には日月と五つの星が刻まれ、天の川は地下の世界まで流れる。このとき王維は十五歳の少年。

隣国は寄せては返す波のごと近づきしのちまた遠ざかる

加藤隆枝

『ハングルの森』かとうたかえ・1961－

日本と韓国の長いつきあいを俯瞰《ふかん》する一首。この歌のたとえを借りれば、今は波が引いているときなのだろう。しかし互いにもっと遠ざかった時代もあった。そして引いた波はふたたび寄せてくるということだ。

金にては幸福は齎《もたら》されぬといふならばその金をここに差し出し給へ

安立スハル

『この梅生ずべし』あんりゅうすはる・1923－2006

お金で幸福は買えないというのなら、そのお金、私にください。昭和前半、そんなことをまじめに議論していた時代の歌である。隔世の感がある。半世紀で日本人の真剣さが失われてしまったということか。

青竹にかゝやく菊の盛《さかり》かな

樗　良

『樗良発句集』ちょら・1729－80

青々とした簀《す》の子《こ》が張り巡らしてあるのだろうか。その竹の青と満開の菊が互いに照り映えている。時代は十八世紀半ばの園芸ブームの最中。ここに詠まれているのも、趣味人が大事に囲って育てた鉢物の菊である。

をみなへし又きちかうと折りすゝむ

山口青邨

『雑草園』やまぐちせいそん・１８９２－１９８８

秋の草花が咲き乱れる野原が花野。その花野をぐんぐん歩いて進んでいるところ。目についた女郎花《おみなえし》や桔梗《ききょう》の花を折り取りながら。草花と人を描いて一句が躍動している。壮年の健康な魂の所産。高浜虚子の門弟。

花野ゆく両手が羽根に変るまで

上野山明子

『黄槿《はまぼう》』うえのやまあきこ・１９５５－

花野は海岸の崖の上に広がっていることもあるが、山上でしばしば見かける。先日、月を見に行った月山でも歩いた。空に近いだけあって、どこか天上を思わせる。「両手が羽根に」とは鳥にでもなったかのような気分。

時は秋吉野をこめし旅のつと　　露　沾

『句餞別』ろせん・1655－1733

芭蕉の『笈《おい》の小文』は江戸を出て故郷の伊賀上野、吉野山で桜を見て明石へ抜ける旅。餞別《せんべつ》の一句。今は秋ですが、もう吉野の花が旅の荷物に入っているようですね。

露沾は平藩（福島県）藩主内藤家の次男。俳諧選集『句餞別』から。

◎十月

思ひけり既に幾夜の蟋蟀《きりぎりす》　　夏目漱石

『思ひ出す事など』なつめそうせき・１８６７－１９１６

明治四十三年（一九一〇年）、漱石は伊豆修善寺の旅館で大量吐血、「三十分の死」を体験する。帰京後、そのことを書いた『思ひ出す事など』の十句をたどる。東京の病院は病室の畳替えをして待っていた。どこかでコオロギが鳴いている。

たゞ一羽来《く》る夜《よ》ありけり月の雁《かり》　　夏目漱石

『思ひ出す事など』なつめそうせき・１８６７－１９１６

東京の病院に再入院すると、漱石の病気を診てくれていた院長が亡くなっていた。「逝《ゆ》く人に留《とど》まる人に来《きた》る雁」ともあるが、この句は格別。月夜、一羽ひっそり渡ってくる雁。漱石自身のはるかな投影か。

菊の雨われに閑《かん》ある病哉《かな》

夏目漱石

『思ひ出す事など』なつめそうせき・１８６７－１９１６

病院長の死を知った翌日、ウィリアム・ジェームズの訃報《ふほう》を読む。アメリカの心理学者、哲学者。著書『多元的宇宙』を読み終え、印象鮮明な英文に感銘する。病中、手持ち無沙汰の漱石の脳裏をよぎる菊の幻。

秋の江に打ち込む杭の響《ひびき》かな

夏目漱石

『思ひ出す事など』なつめそうせき・１８６７－１９１６

伊豆修善寺での「三十分の死」。生き返ってから十日ばかりして、ふとできた句という。修善寺は山中。どこかはるかかなたの入り江からカーンカーンと杭《くい》を打つ音が聞こえる。秋晴れの生者の世界から届く音である。

別るゝや夢一筋の天の川　　夏目漱石

『思ひ出す事など』なつめそうせき・１８６７－１９１６

「三十分の死」から生還後の句。誰と別れるというのか、天の川は夢のように流れている。伊豆修善寺に同行していた門下の松根東洋城の上京が背景にあるようだが、朦朧《もうろう》たるところがこの句を豊かにしている。

秋風や唐紅の咽喉《のど》仏《ぼとけ》　　夏目漱石

『思ひ出す事など』なつめそうせき・１８６７－１９１６

伊豆修善寺で大量吐血する以前から漱石の喉は腫れていた。唐紅とはそのこと。虚《むな》しく、染みるように秋風が吹く。殺気があって含蓄が足りないと漱石は書いている。彼が愛した東洋の風流からは離れているか。

風に聞け何《いず》れか先に散る木の葉　　夏目漱石

『思ひ出す事など』なつめそうせき・１８６７－１９１６

どの葉から落ちるか、風だけが知っている。人の生死の後先もまた風しか知らない。伊豆修善寺に転地療養している間、東京や神奈川が洪水に襲われた。電報、電話、手紙。妻子や友人たちの安否が気づかわれる。

冷《ひや》やかな脈を護《まも》りぬ夜《よ》明方《あけがた》　　夏目漱石

『思ひ出す事など』なつめそうせき・１８６７－１９１６

八月二十四日午後、漱石は胸苦しさに寝返ろうとして人事不省に陥る。直後、大量の血を吐く。三十分後、意識を取り戻し、金盥《かなだらい》の鮮血を見た。三十分の死。その夜は左右の手を人に委ねたまま夜明けを迎えた。

露けさの里にて静《しずか》なる病　夏目漱石

『思ひ出す事など』なつめそうせき・１８６７－１９１６

『思ひ出す事など』には「萩《はぎ》に置く露の重きに病む身かな」という句もある。こちらのほうがまとまってはいるが、以下、漱石の口調をまねれば、そこがかえって嫌味である。多少まとまりは悪くても「露けさ」のほうが私などには面白い。

朝寒や生きたる骨を動かさず　夏目漱石

『思ひ出す事など』なつめそうせき・１８６７－１９１６

「余は一度死んだ」。意識喪失、大量吐血を振り返って漱石はそう記す。翌朝、「全身に満ち渡る骨の痛み」を感じ、体を動かそうとすれば関節がみしみしと鳴る。痛まぬよう、じっと仰向《あおむ》けで寝ているしかない。

足の爪赤く塗りたる姉むすめ青く塗りたる妹むすめああ　小池光

『梨の花』こいけひかる・１９４７－

ささやかな言葉に真情がこもることがある。この歌でいえば末尾の「ああ」。上の世代の嘆きのようでもあり、若い人への讃嘆《さんたん》のようでもある。そのどちらでもあるからこそ「ああ」なのだろう。心は単純に割り切れない。

看護師を選《よ》りし息子は立葵女人の職場に直立をする　平山繁美

『手のひらの海』ひらやましげみ・１９７０－

立葵《たちあおい》の花が歌の真ん中に割って入っている。真夏、空に向かって咲き登る花。そこから想像されるのは、立葵のように看護師たちが立ち並んでいる場面。やはり女性の多い職場、息子を頼もしく思っているのだ。

高級化するなトマトよ丸かじりすれば広がる青き匂いが　上野春子

『雲の行方』うえのはるこ・1952－

地元の漁師が海辺の荒地で作っているトマト。この歌を読んで思い出したのは、そのトマトの味。そして子どものころのトマトの味。品種改良でさまざまな野菜や果物が人間の望むとおりに姿や味を変えてゆく。

鯊舟を下りてまた釣る鯊の秋　藤永貴之

『椎《しひ》拾ふ』ふじながたかゆき・1974－

鯊《はぜ》の秋というとおり秋は鯊の季節。鯊を狙って出すのが鯊舟である。天気のよい日には沖に何艘《そう》も浮かんでいる。釣り足りないか、釣りの気分を味わい足りないのか、鯊舟の人が突堤の人となって糸を垂れている。

秋風の踏絵は板に戻りたる　片山由美子

『飛英』かたやまゆみこ・1952―

十字架のイエスや聖母マリアと幼児イエスが浮き彫りにされた踏絵《ふみえ》。生き延びるには踏まねばならず、痛みをこらえて踏んだ人もいただろう。踏まれ踏まれて聖像が薄れてしまった踏絵。秋風が消していったかのように。

秋の蟹ひかりのなかに脳の中に　金子兜太

『百年』かねことうた・1919―2018

甲羅に鋏《はさみ》と八本の足。人間から見れば蟹《かに》は奇妙な生き物である。その蟹が脳の中にいるとは、まさに脳を刺激する想像である。故郷の秩父の沢蟹を思い出しているのだろうか。去年春、九十八歳で亡くなった兜太の遺句集『百年』から。

夜が人を遠くするなり火恋し

奥名春江

『春暁』おくなはるえ・１９４０－

夜の闇が人を包む。昼間は目に見えていた家族や友だちが闇に包まれて遠ざかる。よみがえらせるには炎の明かりを必要とする。ああ、だから人間は夜、火を焚《た》き、明かりをともすのだ。洞窟で暮らしていた昔から。

ひとどびにいとど闇へと消えにけり

高田敏雄

『草笛』たかだとしお・１９２８－

イトドは昆虫なのに羽がない。代わりに長い脚と立派な太ももをもつ。火の気のない竈《かまど》によくいるので竈馬とも呼ぶ。そのみごとな脚でパッと闇の彼方《かなた》へ跳び去った。嫌がる人もいるが、この虫の関知しないところ。

立山を曳くかに鰯曳きにけり

月野木潤子

『和草《にこぐさ》』つきのきじゅんこ・１９３６－

鰯《いわし》引く（曳《ひ》く）とは地引き網や船引き網で鰯を獲《と》ること。最盛期が秋だからか、鰯引くも鰯も秋の季語にしている。この句、富山湾の鰯漁である。秋晴れのはるかかなたには立山の連山。峰々がやがて雪で白く染まる。

呉《ご》會《かい》の一《いち》浮雲《ふうん》
飄《ひょう》として遠行《えんこう》の客《かく》の如《ごと》し

李　白

漢詩大系『李白』りはく・７０１－７６２

呉郡と会稽郡を漂う浮雲よ。飄々と遠くへ向かう旅人のようじゃないか。若き李白が友人に贈った詩の冒頭。大志を抱いて故郷を出たのに一旗揚げることもできず、時間だけがあわただしく過ぎ去るとつづく。

あやしくも心のうちぞ乱れ行く物思ふ身とはなさじと思ふに

永福門院

『風雅和歌集』えいふくもんいん・1271－1342

なんて不思議なの、あなたのせいで心の内が乱れてゆく。恋に思い煩う浅はかな女にはなるまいと思っていたのに。鎌倉時代末、伏見天皇の后《きさき》。恋の題詠だが、一つのほころびもなく、うねらせて言葉を紡いでゆく。

子を抱ヶば男にものが言ひ安し

『誹風柳多留《はいふうやなぎだる》』

江戸川柳は人情世情をうがつことに命を懸けていた。この句などはいい例である。妻の立場は弱いが、母となって子を盾にすれば夫に意見ができる。それを理屈でいわず、子を抱いた若妻のしおらしい姿で描き出したところが、また憎い。

雲の上に鳴くなる雁の遠くとも君に逢はむとたもとほり来つ

作者未詳
『万葉集』巻第八

あなたに逢《あ》うために遠い道をやってきた。それが作者の言いたかったことなのだが、それだけでは味気ない。そこで「遠くとも」を引き出すために雲の上を飛ぶ雁《かり》を描くのだ。恋人を訪《と》うとき、花束をもってゆくようなもの。

手拭に桔梗をしぼれ水の色

子葉
『丁丑《ていちゅう》紀行』しょう・1672―1703

赤穂義士四十七士の一人、大高源五《おおたかげんご》。子葉と名のった俳人でもあった。この句は東海道を西へ向かう旅の途中の作。青々と澄みきった池の水に手拭《てぬぐい》をひたす。水の色を桔梗《ききょう》の色といったところに、この人の風流がある。

猿どのゝ夜寒訪《とい》ゆく兎かな

蕪村

『蕪村全集』ぶそん・1716－83

肌寒、うそ寒、やや寒、夜寒、朝寒、みな晩秋十月の寒さを表す言葉である。夜の山道を一枚着こみ、提灯《ちょうちん》を手にした兎《うさぎ》が猿を訪ねてゆく。擬人化というよりも人間を動物の姿にして描く「鳥獣戯画」さながらの一句。

すさまじき真闇となりぬ紅葉山

鷲谷七菜子

『游影《ゆうえい》』わしたにななこ・1923－2018

秋晴れの紅葉は晴れやかなものだが、夜の闇に沈む紅葉も格別。まして紅葉山なら底知れぬ闇に包まれる紅葉である。紅葉の名所ではライトアップが盛んだが、あれでは台なし。日本人の感覚が粗くなっているのでは。

コスモスの花群《はなむら》に風わたるとき花らのそよぎ声のごときもの　長澤一作

『松心火《しょうしんか》』ながさわいっさく・1926－2013

コスモスの花の声が聞こえる。何といっているのだろうか。コスモスが渡来したのは明治時代だが、今やすっかり日本になじんでしまった。淡い色、風に揺れる優しい風情が愛される理由だろうか。大正生まれの歌人。

鳴く虫のたゞしく置ける間なりけり　久保田万太郎

『流寓抄《りゅうぐうしょう》』くぼたまんたろう・1889－1963

いくつもの虫の中の一つの虫の声に耳を傾けている。やがてその虫が、いつも同じくらいの間をおいて鳴いていることに気がつく。人間の呼吸と同じように。虫の声というより虫の呼吸、息づかいを感じているのだ。

花とけもの一つに棲《す》めるをとめ子はひる深くねむり眠りつつ育つ

五島美代子

『そらなり』ごとうみよこ・１８９８—１９７８

「花とけもの」は愛と欲望、美と欲望といってもいい。眠る少女の中に相反する二つの種子が眠っている。歌人は少女を眺めながら二つの種子の行く末を見つめているのだ。愛と欲望に揺り動かされる少女の未来を。

天狼に叱られてゐる夜更けかな

堤保徳

『姥《うば》百合《ゆり》の実《み》』つつみやすのり・１９３９—

天狼《てんろう》星はシリウス。冬の大三角形の一角をなす星。この句、何か事情があって意気消沈しているところ。夜空を仰ぐとシリウスが明るく輝いている。天の狼《おおかみ》に叱られていると思えば、多少の慰めにはなるだろうか。

◎十一月

かたはらにやはらかきやはらかきものありて視《み》れば小さき息をつきゐる

石牟礼道子

『海と空のあいだに』いしむれみちこ・１９２７－２０１８

のちに『苦海浄土』を書く石牟礼道子は昭和二十三年（一九四八年）秋、長男道生を産んだ。二十一歳だったが、この歌にすでにあふれる命の抱擁は生涯を貫くことになる。最近刊行された全歌集『海と空のあいだに』の十首を紹介する。

純粋の言葉はなきや息継がず小鳥のごとく歌ひたしわれは

石牟礼道子

『海と空のあいだに』いしむれみちこ・１９２７－２０１８

「短歌は私の初恋」。短歌は石牟礼が最初に手にした表現の器だった。この器を満たすには「純粋の言葉」しかない。「息継がず」とは命を削って「純粋の言葉」を紡ぐこと。小鳥でさえ息は継ぐのに。

雪の中に灯を潤ませて来る電車記憶の中よりわれは近づく　石牟礼道子

『海と空のあいだに』いしむれみちこ・1927－2018

降りしきる雪の中を走ってくる電車。「われに近づく」なら記憶の中から電車が現れるのだ。ところが「われは近づく」だと、自分から電車に近寄るのだ。ここに石牟礼の主体性があり強さがあった。

しやがれたる声になりゆくわがうちに棲《す》みつく老婆すこしわらへる　石牟礼道子

『海と空のあいだに』いしむれみちこ・1927－2018

晩年の石牟礼を思い出してはいけない。昭和三十六年（一九六一年）、三十代の歌。すでに水俣病が社会問題となり、石牟礼は『苦海浄土』を書きはじめていた。この「老婆」は石牟礼の中の語り部。

まあたらしきゆばりのにほひ冬の野に残りて大股にをとめ去りゆく　石牟礼道子

『海と空のあいだに』いしむれみちこ・1927－2018

高群逸枝《たかむれいつえ》は日本女性史学の創始者であり女性解放運動家。石牟礼は同郷（熊本）の高群を敬愛した。この歌のたくましい「をとめ」は、平塚らいてうや高群たちが思い描いた原始の女性の面影を漂わせる。

さすらひて死ぬるもわれも生ぐさき息ながくひく春のひた土に　石牟礼道子

『海と空のあいだに』いしむれみちこ・1927－2018

さすらいの果てに死んでゆくのだなあ、この私も。春の地面にうち伏して「生ぐさき息」をいつまでも吐きながら。生も死もきれいごとでは片づかない。それが生きものである人間の宿命というのだろう。

もゝいろの蓮華《れんげ》の中につぶり座し夢間にこの世をはるすべなきか

石牟礼道子

『海と空のあいだに』いしむれみちこ・１９２７－２０１８

蓮《はす》の花の中で目をつぶり夢を見ている人。仏のようでもあり胎児のようでもある。その夢の間にこの世からいなくなれたらいいのに。娑婆《しゃば》の苦しみを知らずに。夢から覚め、蓮の花を出てきたのが人間。

陽《ひ》のひかり浴びればあえぐ我にして魚身のなれの果てかもしれず

石牟礼道子

『海と空のあいだに』いしむれみちこ・１９２７－２０１８

鱗《うろこ》をまとう冷ややかな魚たち。いろくず、うろくずとも呼ばれた。石牟礼は自分をいろくずの一族と思っているところがあった。水俣病の告発文学『苦海浄土』は、そのいろくずの身になって書かれた。

形なきものらゆき交う花の下闇の中なるわれもひとりぞ　石牟礼道子

『海と空のあいだに』いしむれみちこ・1927－2018

満開の桜の花を眺めているのではなく、花の下を行き交うものを眺めている。人の姿をしていない「形なきもの」。いつか人になろうと願うものもいれば、無残にも人とはなりえなかったものたちもいる。

おおいなるけもの来て野にねむるわれを嗅ぎしも暖《ぬ》くき息して　石牟礼道子

『海と空のあいだに』いしむれみちこ・1927－2018

野に倒れ伏す私の匂いを嗅ぐもの。その生暖かい息を感じながら眠っているのだ。目に見え、手で触りうるこの世界の隣に形なきもののうごめく世界が広がる。石牟礼は二つの世界の通い路だった。

はち切れて水のしぶきや新大根《しんだいこ》

黒田礼蔵

『春秋つれづれ』くろだれいぞう・1948−

いよいよ大根の季節である。真っ白なみずみずしい大根に包丁を入れるとパリッと割れる。中の水が飛び散る。それを「水のしぶき」といったところが句の真骨頂。急流下りの水しぶきのようではないか。

おでこ全開木枯《こがらし》を帰りくる

辻美奈子

『天空の鏡』つじみなこ・1965−

「おでこ全開」とは？ 木枯らしに面と向かって歩いているのだ。みごとなおでこではなくても、前髪が吹き上げられておでこが全面むき出しになっている。あまり格好よくはないが、自分をおもしろがる心が俳句。

仲良くはないが集まり冬眠す　　小林貴子

『黄金分割』こばやしたかこ・１９５９－

みんな仲良くとはいうものの、そうとばかりゆかないのが人間の社会。この句が描くのは動物たちの冬ごもり風景だが、おのずから作者が暮らす人間界の情景が映し出される。笑いを誘う理由もそこにあるだろう。

短日や或《ある》時太き我《わが》心　　原石鼎

『原石鼎全句集』はらせきてい・１８８６－１９５１

自分はどっしり構えていると思っている人は鈍感な人だろう。あれこれ悩んでこそ人間。誰でも揺れ動く心を抱えながら、ときに意外とたくましい自分に気づく。短日はたちまち暮れる冬の日。石鼎三十代の句。

「根源的敗北を敗北し続けよ！」あわれメットに書き殴りけり

福島泰樹

『亡友』ふくしまやすき・１９４３－

福島泰樹も七十代半ば。老人と呼ぶのは今もはばかられるが、先立たれた友人知人はあまた。最新歌集『亡友』は彼らの追想の歌で埋まっている。この歌はその最後に置かれている。「根源的敗北」とは東西冷戦下、安保闘争世代の言葉。

冬蝶を戒める風庇《かば》ふ風

雨宮更聞

『活眼《かつがん》』あめみやこうぶん・１９４１－

凩《こがらし》に吹きさらされている蝶《ちょう》。もはや飛ぶこともなく地面にじっと止まったまま。作者は風に目と耳を凝らす。戒めるとは責め苛《さいな》むのと違って、風が大きな懐に包んで「無理はするな」と諭しているのだ。慈愛の一句。

限りなく湧きくるならむうたかたのいのちを繫《つな》ぐひたすらのあを

山下敬子

『星の天蓋』やましたけいこ

歌集『星の天蓋』には「一握りの円筒青きにうたかたのあまたうごめく酸素とふもの」という歌もみえる。ここから想像するに、酸素を発生させる装置を詠んでいるのだろう。泡《うたかた》のようにはかない命を支える無数の酸素の泡。

てのひらにしろいひかりをのせているそれだけの朝　はこばれてゆく

加藤治郎

『混乱のひかり』かとうじろう・1959－

掌《てのひら》に乗せて運ぶ白い光。それだけで初冬の朝の空気を描き出す。未知のものを言葉で表現しようとすれば、常識的な言葉の配列を破壊しなければならない。言葉の抱えるジレンマに挑戦してきた歌人の一人。

今ごろになぜだか空に浮かんでる音もたてずに薄れてる夢　岡一輔

『能登の鳶《とび》　くるりくるり』おかいちゃ・１９４６—

人間は夢を見る。とうに決別したはずの夢を思い出すこともある。形はぼやけて色も褪《あ》せているが、消えながら微笑《ほほえ》みかけ、誘うようでもある。そんな夢の面影が青い空に浮かんでいるのだろう。

白払子冬の塵埃《じんあい》はらふべく　坂内文應

『天真』さかうちぶんのう・１９４９—

払子《ほっす》はお坊さんが手にする白いハタキのようなもの。起源は嫌な羽虫を追い払うものだったが、邪気を払うものとなった。払子の白といい、冬の塵《ちり》といい、清らかな一句。作者は禅僧。師事した高僧をたたえる一句。

降《ふる》中へふりこむ音や小夜時雨　　五明

『佳気悲南多《かげひなた》』ごめい・1731－1803

小夜《さよ》しぐれは初冬の夜の通り雨。ぱらぱらと降る音がしたかと思えば、ばらばらと降りしきる。かすかな音の違いを聞き分けて雨の協奏を詠む。五明は蕪村の同時代人で秋田の俳諧師。三回忌に編まれた俳諧選集『佳気悲南多』から。

時雨かは山めぐりする心かないつまでとのみうちしをれつつ　　西行

『宮河歌合《みやがわうたあわせ》』さいぎょう・1118－90

草庵《そうあん》の夜。あれは時雨の音？　いや、この山をさすらう私の心だ。いつまで浮世の山にとらわれるのか、思えばため息がでる。『宮河歌合』は西行が自分の歌七十二首を二首一組にして藤原定家に優劣の判定を求めたもの。この歌は勝。

先生 独り飲んで 歎息《たんそく》する勿《なか》れ
幸《さいわい》に 落月《らくげつ》の 清尊《せいそん》を窺《うかが》ふ有り

蘇東坡

漢詩大系『蘇東坡』 そとうば・1036－1101

蘇東坡は北宋の詩人。政争で恵州に流されたときの詩の最後。「先生」と自分に呼びかける。一人で酒を飲んでため息ばかりつきなさんな。うれしいことに落ちかかる月が酒の器をのぞきこんでいるじゃないか。

はつしもに何とおよるぞ船の中

其角

『猿蓑《さるみの》』 きかく・1661－1707

淀川は京伏見と大坂を結ぶ大動脈だった。そこを行き来する三十石船は淀船と呼ばれた。けさは初霜が降りて両岸は真っ白。船の客たちはこの寒さ、どんなふうにお眠りになったろうか。「およる」は寝るの敬語。俳諧選集『猿蓑』から。

男ならすぐに汲ふに水かゝみ

『誹《はい》風《ふう》柳《やなぎ》多《だ》留《る》』

水汲《く》みの男はすぐ汲んで帰るが、女はまず水面に映る自分の顔に見入る。まばたきしてみたり髪を直したり。現代ならショーウィンドーに映る自分の姿をチェックするといったところか。または地下鉄の電車の窓。それも女にかぎらない。

国違へ親族となる冬銀河

ローバック恵子

『さくらの夜《よ》』ろーばっくけいこ・1946－

日本人の枠組みが急激に拡大している。スポーツで活躍する若者たちを見ればわかるとおり。「長男インドネシアにて挙式」と前書のある一連の一句。作者も名前から推測すると国際結婚をしている人のようだ。

雑炊や戦後寒かりし若かりし

岡本眸

『手が花に』おかもとひとみ・1928－2018

冬の夜の雑炊はありがたい。体は温まり、おなかにはもたれない。一椀《わん》の雑炊を前にして、ふと心は貧しかった戦後の日々へ。当時の雑炊はその名のとおり粗末なものだった。昨年（二〇一八年）、九十歳で死去。

こうこうと鶴の啼《な》くこそかなしけれいづべの空や恋ひ渡るらん

岡本かの子

『わが最終歌集』おかもとかのこ・1889－1939

「恋ふ恋ふ」と聞こえるのだろう。果てしない大空間に響きわたる鶴の鳴き声。どこの空を恋い慕って飛んでゆくのだろうか。身からあふれる命の奔流がそのまま歌になるかのようだ。昭和四年（一九二九年）出版の『わが最終歌集』から。

こがらしの過ぎたるのちを蝶しろくたかだかとゆく蒼穹《あをぞら》なりき　前登志夫

『樹下集』まえとしお・1926－2008

蒼穹《そうきゅう》とはドームのように見える青空。凩《こがらし》に吹き清められた青い天蓋を一羽の白い蝶《ちょう》が昇ってゆく。空の青さ、太陽の光のまぶしさが生み出した幻だろう。やがて蝶は空の高みに消えて荘厳な冬の青空だけが残される。

◎十二月

うなじ清き少女ときたり仰ぐなり阿修羅の像の若きまなざし　岡野弘彦

『冬の家族』おかのひろひこ・1924−

阿修羅《あしゅら》と少女と岡野。歌の中から静かな二等辺三角形が現れる。頂点にいるのは阿修羅だが、天地創造のように三角形を作り上げているのは歌人岡野の強くしなやかな視線である。歌集『冬の家族』『滄浪《そうろう》歌』から壮年時代の十首をたどる。

やはらかき羽交《はがひ》にうなじさしかはし夜を眠るなり二羽の白鳥《しらとり》　岡野弘彦

『冬の家族』おかのひろひこ・1924−

やわらかく羽を差し交わすように、というのだろう。二羽の白鳥がうなじを差し交わして眠っている。夜の闇を透かしてこの二羽の白鳥を眺めていると、しだいに抱き合って眠る若い男女の白い裸体に見えてくる。

父母のあらそふ夜半に起きいでて簞笥の環《くわん》を子は鳴らしをり　岡野弘彦

『冬の家族』おかのひろひこ・1924―

環は簞笥《たんす》の引き出しについている金属の取っ手。父母の言い争う声で目が覚めた小さな子ども。簞笥の環をカタン、カタンと鳴らしている。無言の執拗《しつよう》な抗議。その音が岡野のはるかな記憶の中から今も響いてくる。

きつね妻《づま》子をおきて去る物語歳かはる夜に聞けば身にしむ　岡野弘彦

『冬の家族』おかのひろひこ・1924―

子にとって母に置き去りにされることほど悲しいことはない。そんな子の嘆きを知りつつ、子と別れてゆく母の狐《きつね》の気持ちはいかばかりか。子どものときに聞いて切ない思いをした狐妻の話をまた思い出したのだ。

論理するどく行動きびしき学生の父の多くは戦ひに死す　岡野弘彦

『冬の家族』おかのひろひこ・１９２４－

昭和二、三十年代の緊張感は今では想像しにくい。戦争の傷跡が生々しく残り、世界は東西冷戦下にあった。その時代の一断面。戦争遺児たちが若者となったとき、安保闘争、学園紛争と社会は揺れ動いていた。

執《しふ》深く生きよと我にのらせしは息とだえます三日前のこと　岡野弘彦

『冬の家族』おかのひろひこ・１９２４－

岡野が師事した民俗学者、折口信夫（歌人、釈迢空《しゃくちょうくう》）は昭和二十八年（一九五三年）九月三日、世を去った。生涯の信念であった「執深く生きよ」を弟子への遺言としたということだろう。すさまじい遺言である。

妻を持ち子をなして生くる安けさを思ひはばかる亡き友の前　岡野弘彦

『冬の家族』おかのひろひこ・1924－

「亡き友」とは若くして戦争で命を失った友人である。結婚して子どもが生まれる。今ではふつうのことが叶《かな》わなかった「亡き友」、それを罪のように背負ってゆく、生き残った者。岡野が繰り返し詠《うた》う主題。

みことのり聴きし夜山を下《お》りゆきて帰らずなりぬ若き中隊長　岡野弘彦

『冬の家族』おかのひろひこ・1924－

昭和二十年（一九四五年）一月、岡野は陸軍の部隊に入った。八月十五日の終戦の詔勅は関東の竹藪《たけやぶ》に身を潜めて聞いた。その夜のできごとである。誠実ゆえに折れてしまう人。その面影を歌にして残す歌人岡野。

辛くして我が生き得しは彼等《ら》より狡猾なりし故にあらじか　岡野弘彦

『冬の家族』おかのひろひこ・1924－

戦争では純粋な者から死んでゆく。特攻隊の若者たちの無残な死をあげるまでもない。では生き残った者は天の配剤か本人の意図か。天の配剤であっても「狡猾《こうかつ》」の負い目は生涯離れない。「辛くして」は辛うじて。

黒髪を手にたぐりよせ愛《かな》しさの声放つまでしひたげやまず　岡野弘彦

『滄浪《そうろう》歌』おかのひろひこ・1924－

サディスティックな性愛の歌にみえる。だが黒髪のこの女人は短歌という形式、さらに大和言葉（日本語）でもあるだろう。愛し虐げることによって短歌形式が発する恍惚《こうこつ》の声。岡野にとってそれが「うた」なのだ。

ラ・フランス詩は食べられる思想です

中村晋

『むずかしい平凡』なかむらすすむ・1967－

なるほど思想を書き記しただけでは散文。思想をおいしく料理したものが詩なのだ。この句、その断定が爽快。いうまでもなく胃袋ではなく脳で。明るい緑にベージュ、ラ・フランスは美しい洋梨である。

岱宗《たいそう》夫《そ》れ如何《いかん》、斉魯《せいろ》青《あお》未《いま》だ了《つ》きず
造化《ぞうか》神秀《しんしゅう》を鍾《あつ》め、陰陽《いんよう》昏暁《こんぎょう》を割《わ》かつ

杜甫

『杜甫全詩訳注』とほ・712－770

泰山（岱宗）はどんな山か。斉と魯の国境に青々と広がる。造化の神は妙なる霊気を集め、北と南に昼と夜を分《わか》つ。泰山は中国五岳の筆頭。壮大な山をより壮大にたたえる杜甫の力量。若き日の詩「望岳」の前半。

山陰《やまかげ》にふるやあられのこゑごゑをこたへてさやぐ真柴《ましば》椎柴《しいしば》

藤原為相

『為相百首』ふじわらのためすけ・1263―1328

柴は雑木の枝。薪《まき》にするため刈るのが柴刈りである。山の木々にぱらぱらと音をたてて降りしきる霰《あられ》。それに打たれて雑木の枝がざわざわと鳴りわたる。鎌倉時代の描写の歌。これは音の描写。藤原為相は定家の孫。

みちのくの岩座《くら》の王なる蔵王《ざわう》よ耀く盲《めしひ》となりて吹雪《ふぶ》きつ

葛原妙子

『葡萄《ぶどう》木立』くずはらたえこ・1907―85

雪に吹き包まれる雪の蔵王。白の中の耀《かがや》く白。さながら吹雪の中をさすらう盲目の王のように。斎藤茂吉に「陸奥《みちのく》をふたわけざまに聳《そび》えたまふ蔵王の山の雲の中に立つ」という歌があるが、こちらは夏の緑の蔵王。

弁天の前でハ波も手をあハせ

『誹風《はいふう》柳《やなぎ》多留《だる》』

肌もあらわに江の島の弁天さまは琵琶を奏でていらっしゃる。もとは海の女神だが、幸せもお金も芸事の上達もすべて叶《かな》うとあって、江の島詣では江戸の庶民に大人気だった。島に打ち寄せる波でさえ、ひらりと手を合わせるという川柳。

本郷は切通し上吹雪かな

久保田万太郎

『草の丈』くぼたまんたろう・１８８９－１９６３

坂の途中に湯島天神、左へ折れれば不忍池。本郷三丁目から御徒町の方へつづく下り坂が本郷切通しである。万太郎は明治半ば、下町の浅草生まれ。死ぬまで心はそこにあったから本郷は切通しの上の異郷だった。

寒き夜の薔薇の花瓶をこぼれ落ち鋭く反れりひとひらの紅《こう》　いずみ司

『もう一杯のスープ』いずみつかさ・1946－

真紅の冬薔薇《ばら》。買ってきた薔薇なのだろうが、さかりを過ぎて散りはじめた瞬間を克明に描写する。その意志に貫かれた一首である。脇役として登場する花瓶の磁器の肌同様、冷ややかな硬質の世界。

外套の怒りしまゝに掛けられて　若杉朋哉

『朋哉句集二』わかすぎともや・1975－

服は着なれてくると、その人が乗り移る。外套《がいとう》つまりコートにかぎらないが、外套がもっともわかりやすい。外から帰って脱いでコート掛けに。するとどこかしら怒っているようなのだ。ちょっと前の自分そのままに。

ぼろ市や昔の玩具おそろしき

吉田林檎

『スカラ座』よしだりんご・１９７１―

暮れと新年の恒例、世田谷のぼろ市。代官屋敷門前を埋める露店にさまざまな古道具が並ぶ。一つ一つに主人の喜びや悲しみが染みついている。なかでも子どもの人形やオモチャは鬼気迫るものがあるというのだ。

疎開児を護《まも》りし寺や落葉焚《おちばたき》

関根道豊

『地球の花』せきねどうほう・１９４９―

世界大戦末期、今の小学生は田舎へ疎開させられた。疎開は避難である。ただ避難は国難を避けるととられるからか、疎開といった。学校ごとでも家庭別でも、親元を離れるのだから疎開先では苦労が待っていた。

川床の岩さむざむとあらはれてみづは片寄りに日ごと澄みゆく

前川佐美雄

『積日』まえかわさみお・１９０３－９０

積雪地帯を除けば、冬には川の水が減って川床が現れる。水流は糸のように細くなって夏の淵《ふち》をたどるのみ。川の描写に徹しているようにみえるが、人もまた年齢とともにといいたいのだ。自然はいつでも人生の比喩。

郵便局にむかう足跡に気付いた
（さっきここを過ぎたワタシのものだ）

八木幹夫

『郵便局まで』やぎみきお・１９４７－

雪の日、詩人は路上に自分の足跡を見つける。数分前の自分とすれ違ったのだ。この世界には数日前、数年前、数十年前の自分もいて、その足跡を時間という雪が消してゆく。詩は「雪よ　ふれ」の一行で終わる。詩集『郵便局まで』から。

冬の雨椅子ひとつ神を喚《よ》びてをり　　平井照敏

『天上大風』ひらいしょうびん・1931―2003

ここにあるのは無人の椅子である。革や布を張った座り心地のいい椅子ではなく、木を組み立てただけの簡素な椅子である。人間にたとえるなら、自分や人間の罪深さを知って苦悩する求道者のような椅子である。

こんこんと大雪小雪のふる夜の手にのるほどのちいさな寝息　　鈴木香代子

『6月のるん』すずきかよこ・1952―

生まれたばかりの小さな人を見守る家族。愛という小箱から言葉が歌となってあふれてくるのだろう。絵本のような歌集である。「新しい命と出会った喜びを歌いとどめたく」という言葉が添えられていた。

五十歳はまだ雛《ひよつこ》か助産婦の講習会に老人力満つ

櫻井八重子

『もう振り向くな』 さくらいやえこ

人類が洞窟に潜んでいた昔。群れの中の年長《た》けた女が焚《た》き火の明かりを浴びながら赤ん坊を取り上げた。若い女の混沌《こんとん》たる体内から。助産婦は人類とともにある職業である。長年、助産婦だった人の歌集『もう振り向くな』から。

誰もゐぬスケートリンク光舞ふ

くにしちあき

『国境の村』 1949—

フィギュアスケートの選手の妙技にはいつも見とれてしまう。この句が描くのは滑り手のいないリンク。真っ白な光が真っ白な氷の上で伸びやかに舞っている。選手の残像のように、夜空のオーロラのように。

一夜明け大雪原の琵琶湖まで　　南井俊輔

『湖国』みないしゅんすけ・1938－

琵琶湖の東に広がる近江盆地。米をはじめ豊かな農作物や畜産物、それに京料理の技が加わって料理やお菓子を生み出す。日本海から一晩、雪が吹きこんでこの豊《ほう》饒《じょう》の大地が雪原に変わった。作者は湖畔の守山生まれ。

大口の真神の原に降る雪はいたくな降りそ家もあらなくに　　舎人娘子

『万葉集』巻第八　とねりのおとめ・生没年未詳

大きな口の狼《おおかみ》、その狼の潜む真神《まかみ》の原。雪よ、そう降らないで。あたりに家もないのだから。日本の古代における神は狼のように実在する脅威だった。真神の原は奈良県明日香村の一部。舎人娘子は七、八世紀の人。

人〳〵をしぐれよやどは寒くとも

芭　蕉

『校本芭蕉全集』ばしょう・1644－94

時雨よ降れ。たとえこの家が寒かろうとも風流を解する人々に。『おくのほそ道』の旅のあと、しばし逗留《とうりゅう》した郷里の伊賀上野での句。やがて芭蕉は時雨の美を打ち出した俳諧選集『猿蓑《さるみの》』を世に問うことになる。

うつくしや年暮《くれ》きりし夜の空

一　茶

『文政句帖』いっさ・1763－1827

大晦日《おおみそか》の今夜の空の何と美しいこと、何やかやあったけれど。文政八年（一八二五年）、一茶は数え六十三歳。前年、再婚したが三か月で離婚。中風で言語障害も出ていた。翌年、三度目の結婚。その狭間《はざま》の年の句。

◎一月

大和には　群山《むらやま》あれど　とりよろふ　天の香具山　　舒明天皇

『万葉集』巻第一　じょめいてんのう・593－641

大和の山々の中でひたと心が寄るのは、天から降りてきた香具山だなあ。舒明天皇（七世紀前半）が香具山に登って国見をしたときの長歌。国原は煮炊きの煙が立ち、水辺にはカモメが飛び、とつづく。『万葉集』巻第一の歌を紹介する。

朝狩《あさがり》に　今立たすらし　夕狩に　今立たすらし　みとらしの　梓の弓の
中弭《なかはず》の　音すなり　　間人連老

『万葉集』巻第一　はしひとのむらじおゆ・生没年未詳

朝狩へ今出かけられるようだ、夕狩に今出かけられるようだ。お手にとられた梓《あずさ》弓の震う音が聞こえる。舒明《じょめい》天皇が狩をしたとき、間人連老が奉った歌の後半。前半は天皇がこの梓弓をいかに愛しているかを歌う。

霞《かすみ》立つ　長き春日の　暮れにける　わづきも知らず　むら肝の　心を痛み
ぬえこ鳥　うらなけ居《お》れば

軍　王

『万葉集』巻第一　いくさのおおきみ・生没年未詳

春の長い日がいつ暮れたか気づかぬほど心が苦しいので、内心ひそかに泣いていると。讃岐の山を見て作った長歌。軍王は人質として日本にいた百済の王子ともいう。そうとすれば、この歌の憂愁の調べも納得がゆく。

秋の野の　み草刈り葺き　宿れりし　宇治のみやこの　仮廬《かりいお》し思ほゆ

額田王

『万葉集』巻第一　ぬかたのおおきみ・生没年未詳

斉明天皇（七世紀半ば）が近江へ行幸した、その途中の宇治の行宮《あんぐう》を懐かしむ。秋の野の草を刈って屋根を葺《ふ》いたあの仮の庵《いおり》よ。額田王は柿本人麻呂が登場する前のもっとも優れた歌人。天皇の歌の代作者でもあった。

香具山は　畝傍雄雄《おお》しと　耳梨と　相争ひき　神代より　かくにあるらし
古《いにしえ》も　然《しか》にあれこそ

中大兄皇子

『万葉集』巻第一　なかのおおえのおうじ・626－671

恋の三角関係。神代は畝傍山（男）をめぐって香具山と耳梨《みななし》山が争った。だからこそ今も女を奪い合うらしい。中大兄皇子（天智天皇）は弟の大海人《おおあまの》皇子（天武天皇）から額田王《ぬかたのおおきみ》を奪った。つまり自己正当化の歌。

冬ごもり　春さり来《く》れば　鳴かざりし　鳥も来《き》鳴きぬ　咲かざりし　花も
咲けれど

額田王

『万葉集』巻第一　ぬかたのおおきみ・生没年未詳

春の山と秋の山、どちらがいい？　天智天皇の求めに応じた額田王の長歌。春は鳥も鳴き花も咲きます、しかし「秋山そ我は」私はやはり秋の山ですわと結ぶ。大《おお》海人《あまの》皇子との三角関係の中におけば双方を挑発する歌。

味酒《うまさけ》　三輪の山　あをによし　奈良の山の　山の際《ま》に　い隠るまで　道の
隈《くま》い積もるまでに

額田王

『万葉集』巻第一　ぬかたのおおきみ・生没年未詳

白村江の戦い（六六三年）で唐・新羅の連合軍に敗れたあと、天智天皇は近江へ都を移す。同行した額田王の長歌。三輪山や奈良山を眺めていたいのに隠すだなんて、雲よ。遷都には不満多く、五年後、飛鳥に戻る。

河上の　ゆつ岩群《いわむら》に　草生《む》さず　常にもがもな　常娘子《とこおとめ》にて

吹芡刀自

『万葉集』巻第一　ふふきのとじ・生没年未詳

十市皇女《とおちのひめみこ》は大海人《おおあまの》皇子（天武天皇）と額田王《ぬかたのおおきみ》の娘。天智天皇の子、弘文天皇の妃となるが、父は夫を滅ぼす（壬申の乱）。乱後、伊勢参宮に伴った吹芡刀自の歌。岩のように永遠の乙女のままでとは皇女への痛ましい慰め。

うつせみの　命を惜しみ　波に濡《ぬ》れ　伊良虞《いらご》の島の　玉藻刈り食《は》む

麻績王

『万葉集』巻第一　おみのおおきみ・生没年未詳

壬申の乱（六七二年）後、天武天皇は敵方の処分に乗り出す。麻績王は配流となった。命からがら生き延びて、海人《あま》でもないのに波に濡れ、藻を刈って食いつないでいる。戦乱のたびに繰り返し聞こえる敗者の悔恨。

み吉野の　耳我《みみが》の嶺に　時なくそ　雪は降りける　間《ま》なくそ　雨は降りける

天武天皇

『万葉集』巻第一　てんむてんのう・？－686

兄の天智天皇が危篤に陥ると、大海人《おおあまの》皇子（天武天皇）は吉野山（奈良県）に身を隠し、壬申の乱を起こす。即位後、吉野山を訪れたときの長歌。あのときから吉野山は雪や雨が降りつづいている。私の心もまた。

歌によまば廻文にせんなづな哉《かな》

湖　春

『続山井《やまのい》』こしゅん・1648－97

上から読んでも下から読んでも同じなのが廻文《かいぶん》。言葉遊びの一つとして古くから楽しまれた。湖春は芭蕉の師、季吟の長男。春の七草の「ナズナ」、これ自体廻文。歌に詠むならと勇んでいるのだ。みずから編んだ俳諧選集『続山井』から。

母おやハもつたいないがだましよい

『誹風柳多留《はいふうやなぎだる》』

放蕩《ほうとう》息子が金の無心をするなら、親父《おやじ》には内緒でお袋にする。これが昔からの通例のようだ。江戸時代の川柳は母のその弱みを一刀でえぐり出す。考えてみれば現代の振り込め詐欺も、もったいない母のだましよさにつけ込む悪辣《あくらつ》な手口。

美しい水仙よ！　お前たちが慌ただしく
去ってゆこうとしているのを見ていると、涙が出てくる。

ロバート・ヘリック

平井正穂編『イギリス名詩選』Robert Herrick・1591－1674

ロバート・ヘリックは十七世紀のイギリスの聖職者にして詩人。芭蕉とほぼ同時代の人である。その詩「水仙に」の冒頭。冬が去ると丘や水辺に現れては、たちまち姿を消す黄水仙に人間を重ねる。

酒豪なる友の文なる追伸の自愛せよとは如何《いか》にせんとや

上田善朗

『鯖《さば》街道』うえだよしあき・1940－

「ご自愛ください」は手紙の結びの決まり文句。さして意味はないが、酒豪からとなれば深読みしたくもなる。俺のようにはなるなとも、君もたまには酒をたしなめとも。どちらにしても愛酒家の剛毅《ごうき》のなせる追伸。

三白《さんぱく》自《おのずか》ら佳《よ》く晴《せい》も亦《また》好《よ》し
諸山《しょざん》の粉黛《ふんたい》層層を見る

曾　幾

漢詩大系『宋詩選』そうき・１０８４－１１６６

正月に三度の雪はめでたい。そのあと晴れればなおいい。濃く薄く雪化粧した山々が見渡せる。北宋の詩人、曾幾の「雪作《おこ》る」の結句。前夜、雪が降り出し、朝になるといちめんの雪景色だったとこの前にある。

葉生《しょう》姜《が》や何かに憧る大人

鈴木春菜

『３０１』vol.２　すずきはるな

一昔前までは何かに憧れるのは若者、それをたしなめるのが大人だった。ところが現代はそうではないらしい。もはや若者が夢を見られる時代ではないということか。作者は三十代。十五人の歌詩句文集『３０１』vol.２から。

僕はもううんざりですよ社会から恋だの愛だの聞かされるのは　山口凜

『３０１』vol.２　やまぐちりん

恋って何、愛とは何。社会は恋や愛の理想の姿を作り上げ、人々は幻想に向かって努力をしいられていないか。人間がみな違っていていいなら恋や愛もその人に任せられるはず。社会の虚妄を突く一首。

どれもみな終わりつつある蜜柑かな　嵯峨実果子

『３０１』vol.２　さがみかこ・１９８３－

たわわに実る蜜柑《みかん》、蜜柑箱の中の蜜柑、ころがる蜜柑、一個の蜜柑。蜜柑を見て、あなたは何を思うか。句は回答の一つ。たしかにすべての存在は終末へ向かって進む。蜜柑が腐敗へ向かうように。

黙り込む二人の今日に終止符を　閉まる扉にご注意ください　　宮嶋千紘

『301』vol.2　みやじまちひろ・1994－

「閉まる扉にご注意ください」。電車が発車するとき、必ず流されるアナウンス。それが二人の今日一日の終止符のように聞こえる。「駆け込み乗車はおやめください」なら恋の横槍《よこやり》になってしまうか。

うな垂れた分だけ飲めるコカコーラ　　中村公

『301』vol.2　なかむらこう

スカッとさわやか、コカコーラ！　日本がまだ元気だったころのコマーシャル・ソング。今の時代では浮いてしまうだろう。むしろ落胆の埋め合わせのように飲む。さてどんな曲に乗せたらいいか。

原点のように冬の蝶がある　工藤恵

『３０１』vol.２　くどうめぐみ・１９７４－

冷たい風に吹かれて命を終えようとしている蝶《ちょう》。それは一つの命の終点のようにみえるが、原点であるというのだ。原点とは何かをはじめる出発点であり、迷ったときに思い出せる場所でもある。

醜態や鮟鱇のまま死んでゐる　石川凍夜

『３０１』vol.２　いしかわとうや・１９８０－

鮟鱇《あんこう》は吊《つ》るして捌《さば》く。加藤楸邨《しゅうそん》の「鮟鱇の骨まで凍《い》ててぶちきらる」など、かつては無残な姿にも鮟鱇の誇りを見出《みいだ》してきたのだが、この句はずばり醜態という。たしかに傍目《はため》には醜態にすぎない。

温かさ失う母の手を握る　子供のころからよく知るこの手　福田将矢

『３０１』vol.２　ふくだまさや・１９９３－

連作「余命」の後記には子ども時代、牛乳、卵、魚、海老《えび》、蕎麦《そば》など食物アレルギーのため、いつも母親の手作り弁当だったとある。その人を一昨年（二〇一八年）癌《がん》で失った。一九九三年生まれ。

いつかある時の終《おわ》りの冷ややかに　藤田哲史

『楡《にれ》の茂る頃とその前後』ふじたさとし・１９８７－

芭蕉の『おくのほそ道』は「月日は百代の過客」とはじまる。百代の過客すなわち永遠の旅人に終わりがあるかどうか。すべての人々の死後に訪れるその終末を「冷ややかに」とありありと想像する。

透明の伽藍《がらん》のごとく楽章がその日に見ゆる青年を恋ふ　水原紫苑

『びあんか』みずはらしおん・1959－

バッハの「ブランデンブルク協奏曲」を聞いていると、ゴシック様式の壮麗な尖塔《せんとう》を見上げているような気がする。音楽が音で時間を刻めば、建築は物体で空間を切り分ける。つまり音楽は時間の建築。逆もまた。

冬の日の海に没る音をきかんとす　森澄雄

『雪櫟《ゆきくぬぎ》』もりすみお・1919－2010

「暑き日を海に入れたり最上川」。芭蕉は酒田（山形県）で日本海に沈む太陽を詠んだ。森澄雄もこの句を思い出していたはずである。芭蕉もきっと太陽が海に沈む音を聞いたにちがいないというのだ。心で聞く音である。

本読まず過ぎし来し方を今思ふ表紙はげしはただ字引の類　　土屋文明

『青南後集』つちやぶんめい・１８９０－１９９０

本が読めるのは学生時代まで。仕事につけば仕事に追われて本など読んでいる暇はない。歌人にしてそうなのだから、実業はなお。いつも手にとるのは調べもののための辞書や辞典。今ならパソコンやスマホ？

寒雀身を細うして闘へり　　前田普羅

『定本普羅句集』まえだふら・１８８４－１９５４

大都市でもたくましく生きている雀《すずめ》。食べ物の乏しい冬、雀同士闘うこともある。小さいながら相手を威嚇しようとして背伸びしているところ。「身を細うして」が命の切実を写し出す。大正から昭和前期の俳人。

氷解く朝日の上やうきみ堂　　鳥酔

『鳥酔先師懐玉抄』ちょうすい・1701－69

琵琶湖西岸、堅田の浮御堂《うきみどう》。湖へ延びる橋の先に小さなお堂がある。千体の阿弥陀像を蔵する。照りかかる朝日に湖の氷が解けはじめ、きらきら輝いているところ。鳥酔は代官だったが罷免《ひめん》されて二十代で俳諧の道へ。

冬ながら空より花の散りくるは雲のあなたは春にやあるらむ　　清原深養父

『古今和歌集』きよはらのふかやぶ・生没年未詳

まだ冬なのに空から花が散ってくる。雲のかなたは春にちがいない。雪を花びらに見立てて春を待ちわびる。さながら舞台上の人のようである。一首を支配しているのは演劇的精神。平安時代中期、三十六歌仙の一人。

◎二月

虹の輪の中を野猿の移りゆく　谷口智行

『星糞《ほしくそ》』たにぐちともゆき・1958－

野猿《やえん》は谷を渡るための、いわば人力ロープウェー。ロープに屋形を吊《つ》るし、綱を手繰って進む。熊野は交通の大動脈から外れたために今も聖地のまま残る土地。作者は熊野で育ち、熊野の医師となった。句集『星糞』の十句をたどる。

元いさな捕りに抱かれて七五三　谷口智行

『星糞』たにぐちともゆき・1958－

七五三の男の子か女の子か、おじいちゃんに抱かれているのだろう。その老人がただ者ではない。日に焼けた頑丈な風貌《ふうぼう》。若いころは鯨を捕る船に乗っていた。那智の滝の近く、熊野の太地町は古式捕鯨発祥の地。

巌々《いわいわ》に巌の貌《かお》ある夜振かな　谷口智行

『星糞』たにぐちともゆき・1958－

カンテラや松明《たいまつ》に寄ってくる川魚を捕らえる、これが夜振《よぶり》。夏の夜の漁である。揺れる夜振火に岸の岩が現れては闇に消える。その岩が顔にも見えるのだろう。神代からありながら、夜のみ見せる岩の顔である。

立泳《たちおよ》ぎして見る夕日夏休《やすみ》　谷口智行

『星糞』たにぐちともゆき・1958－

沖で泳ぐと、ひやりとする。冷たい潮に流されたり、海藻が足に触ったり。ときには立ち泳ぎをして、緑の山々を振り返り、風の音を聞く。波の彼方《かなた》に白い砂浜が見えると、きっと果てしない淋《さび》しさを感じるだろう。

夜の秋揺りつつ充たす肉醤　　谷口智行

『星糞』たにぐちともゆき・1958－

魚を丸ごと塩漬けにしておけば魚醤《ぎょしょう》ができる。同様に獣肉を漬ければ肉醤《ししびしお》ができるのだろう。発酵の神が作り出す食べもの。この句、肉を漬け込むところか。「揺りつつ充《み》たす」とは熊野の神々とともに生きる喜びの言葉。

竹伐《き》りてゐるらし山の揺れゐるは　　谷口智行

『星糞』たにぐちともゆき・1958－

ざわざわと山が揺れている。そのとき神か魔物かが木から木へ渡っていると思ったにちがいない。いや誰かが竹を切っているのだというのは、我に返って気がついたことだろう。句の前半後半の間に魔が潜んでいる。

猪独活の花山の威のしづけさよ

谷口智行

『星糞』たにぐちともゆき・1958－

夏、山の中を歩いていると猪独活《ししうど》の花に出くわす。白い小さな花が集まって丈高いテーブルを形作っている。その堂々たる威容、それがこの句の「しづけさ」だろう。羽虫や蟻《あり》が群がって汚れにまみれている花でもある。

その下は沈船漁礁伊佐木釣る

谷口智行

『星糞』たにぐちともゆき・1958－

夏の夜釣りの句である。イサキは昼は漁礁に潜み、夜になると泳ぎ回って餌をとる。そこを船から狙うのだ。素人には真っ暗な闇にすぎないが、釣り師には海の中が手に取るようにわかるのだろう。沈没船も暗礁も。

巨大蛭めく月光の枯木灘　谷口智行

『星糞』たにぐちともゆき・1958－

枯《かれ》木《き》灘《なだ》は和歌山県南部の海岸。岩や岬が険しい海岸線を形作る。今は夜、月の光を浴びて巨大な蛭《ひる》のようにのたうっているというのだ。蛭は吸血動物。水にいるが、泉鏡花の『高野聖』には木から降る山蛭の記述がある。

かつて火は鑽《き》り出せしもの福沸　谷口智行

『星糞』たにぐちともゆき・1958－

今も昔も火は神聖なものである。その聖なる火を、かつては火打ち石を打ち合わせておこした。つまり闇の彼方《かなた》から火を呼び寄せたのである。新年、若水を汲《く》み、これを沸かすのが福沸《ふくわかし》。水もまた神聖なものだった。

口にまず春は来るなり透き通る細魚《さより》の寿司と常温の酒　佐佐木幸綱

『テオが来た日』ささきゆきつな・１９３８－

「秋来ぬと目にはさやかに見えねども風の音にぞおどろかれぬる」藤原敏行。秋は風の音になってまず耳を訪れる。では春は最初にどこに来るか。口に来るというのだ。細魚の寿司《すし》と燗《かん》をしない酒の姿をして。

ながめつる今日は昔になりぬとも軒端《のきば》の梅はわれを忘るな　式子内親王

『新古今和歌集』しょくしないしんのう・１１５３？－１２０１

梅を眺めながら、今日はうっとりと過ごした。この日が時の流れに押し流されてしまっても、梅の木よ、あなただけは私を忘れないで。一日をともにした相手なのだから。さながら恋人に呼びかけるかのような歌。

紅梅や見ぬ恋つくる玉すだれ

芭　蕉

『校本芭蕉全集』ばしょう・１６４４－９４

恋にはいくつかの段階があった。「見ぬ恋」は会ったこともない人への恋。芭蕉の句は咲き誇る紅梅を美しい簾《すだれ》に見立てる。紅梅の向こうにちらちらする人影は誰？　顔も見ていないのに恋してしまいそうだ。

窓ごしの花々
藤色と黄色。

ウィリアム・カーロス・ウィリアムズ

亀井俊介・川本皓嗣編『アメリカ名詩選』William Carlos Williams・１８８３－１９６３

窓のカーテンに庭の花の色がにじんでいる。その花の名は記さない。藤、アイリス？　ミモザ、ラッパ水仙？　十行の短詩「ナンタケット」の最初の二行。明るい室内の描写がつづくのみ。二十世紀の詩人。

流氷やわが音楽はその中より

原田喬

『原田喬全句集』はらだたかし・１９１３－９９

早春、オホーツク海を埋める流氷。真っ白な氷原にしか見えないが、耳を澄ませば沈黙の彼方《かなた》からさまざまな音が聞こえる。寒流の音、氷と氷がぶつかり触れ合う音、生き物たちのささやき。大自然の奏でる春の音楽。

ほうれんそう存分に洗う泣くときも

岸本マチ子

『鶏頭』きしもとまちこ・１９３４－

誰にでも泣きたいときはある。何もかも放り出してしまいたいときもあるだろう。それでもお腹《なか》がすけば食べ、眠くなれば眠る。そうして、また前へ歩みはじめる。沖縄もそうではなかったか。那覇市在住の俳人。

のどかにもやがてなり行くけしきかな昨日の日影今日の春雨　伏見院

『玉葉和歌集』ふしみいん・1265－1317

日本語がややこしいのは一つの言葉が反対の意味をもつこと。この歌の日影は日差し。立春をすぎて日ごと長閑《のどか》になるなあ。昨日の日差しも今日の春雨も。伏見天皇は后《きさき》の永福門院とともに鎌倉時代の歌壇を主宰した。

あな憂目につねなるべくも見えぬかな恋しかるべき香はにほひつつ　読人しらず

『古今和歌集』

『古今和歌集』巻第十は物の名。物の名前を歌の中に隠して詠む言葉遊びである。この歌は「あな憂《う》」で切って読む。ああ、なんて情けない。見た目には長くもちそうにない。散ったあとも懐かしい香をさせてはいるものの。答えは梅。

終戦の翌年なりき離ればなれの家族揃ひて樺焚きけり　山村泰彦

『三余荘の歌』やまむらやすひこ・1929－

松本市の小児科医。昭和四年生まれ、今年九十一歳。この歌、終戦直後の懐かしい火の思い出。離れ離れに戦争を生き延びた家族がやっと揃《そろ》った。樺《かんば》は焚《た》き火かストーブか。この年十七歳。歳月まさに夢のごとし。

抱かれても抱いてもさびし雪女　眞鍋呉夫

『眞鍋呉夫全句集』まなべくれお・1920－2012

吹雪の夜、道に迷った旅人を凍え死なせる雪女。人間の想像力が生んだ美しい妖怪だが、「抱かれても抱いても」とは実感の熱がこもる。なかったことを、あったことのように描くのが俳句にかぎらず文学の力量。

寒の水あかとき飲みてねむりけりとほき湧井の椿咲けるや　前登志夫

『縄文紀』まえとしお・1926－2008

冬の夜、暗いうちに目が覚めた。起きたって水を飲んでまた寝床へ。眠りに落ちる暁闇《ぎょうあん》の彼方《かなた》、泉のほとりの椿《つばき》を思い出す。ゆったりとした思いの移ろいに、故郷の吉野（奈良県）に帰り住む歌人の心境がのぞく。

朝《あした》に楊柳《ようりゅう》を折りしに因《よ》って
相見《あいまみ》えたり洛城《らくじょう》の隅《ほとり》　王　維

漢詩大系『王維』おうい・701頃－761

美男子で絵画、音楽、文学の秀才。王維は女に愛された。青春時代の「雑詩五首」の第一首。朝、柳を折りに出て、あなた（王維）にはじめて会いましたね。若い人妻の口調でつづる。最後は露《あら》わな口説き文句。

恐竜は鳥に雀は蛤に

千坂希妙

『天真』ちさかきみょう・1951－

恐竜の子孫は爬虫《はちゅう》類かと思っていたら、いつの間にか鳥類という話になっている。生物は長い時間のうちにとんでもない変身をとげるようだ。昔の中国人は蛤《はまぐり》は雀《すずめ》が姿を変えたものと考えた。こちらは想像力の賜物《たまもの》。

たちまちにわれを追ひ越す飛行機雲その速度もて世界は老ゆべし

筒井幸子

『ならやまの月』つついさちこ

世界はいつから老いはじめたか。十九世紀、日本なら明治の人々は未来の世界はもっとよくなると信じていた。その後、二度の世界大戦を経験し、原爆の投下があってから、今では誰もが漠然とそう感じている。

○《まる》が良からうよ巣箱の入口は　大島雄作

『一滴』おおしまゆうさく・1952－

鳥の巣箱の入り口は○がいいか、それとも△か□か。やはり角がないほうがいいかなどと、ヘンなことに頭を悩ますのも春の陽気のせいだろう。自分の家の玄関の扉は□なのに。ちなみにわが家の鳩《はと》時計の入り口も○。

しあわせのかたちなのかもたっぷりと水を含んで春の満月　坪内稔典

『雲の寄る日』つぼうちとしのり・1944－

幸せの形は人それぞれ。ねじれている人もいれば裏返しの人もいる。しかし世間では円満な形を幸せと思っている。そうした世間の常識に多少、距離を感じているのだ。それを表しているのが「かも」。俳人の歌集『雲の寄る日』から。

碁敵ハ憎さもにくしなつかしさ

『誹風柳多留《はいふうやなぎだる》』

不覚の一手で負かされた。悔しくて夜も眠れない。その恨みがやがて今度は相手に「参りました」といわせたい、早く一戦交えたいという願いに変わる。そんな心のジェットコースターを毎度楽しんでいるのが碁好き、という江戸の川柳。

あち東風《こち》や面々さばき柳髪

芭　蕉

『続山井《やまのい》』ばしょう・1644－94

緑の黒髪という言葉がある。昔の日本人は艶《つや》やかな黒髪に緑を感じたのだ。それを地でゆく一句。気まぐれな東風に柳の枝があちこち揺れている。美女たちの黒髪のように。芭蕉二十四歳、言葉遊びの名手だった。俳諧選集『続山井』から。

◎三月

巨大な雲が巨大な山に巨大な影を落とす

マブソン青眼

『マルキーズ諸島百景』まぶそんせいがん・1968－

スポーツだけでなく今や多様な人種の日本人がいる。作者はフランス人として生まれ、日本人になった。二〇一九年、南太平洋のヒバオア島に滞在した。太初のままの荘厳な大自然。句集『マルキーズ諸島百景』から十句を紹介する。

吾《あ》は最初で最後の人間怒涛《どとう》のまえ

マブソン青眼

『マルキーズ諸島百景』まぶそんせいがん・1968－

私という人間は過去にもいなかったし、未来にもいない。考えてみれば誰もみな「最初で最後の人間」、たった一人の人間ではないか。太平洋から打ち寄せる巨大な波が思い出させてくれたというのだ。

椰子の下雨宿りせん二、三年　　マブソン青眼

『マルキーズ諸島百景』まぶそんせいがん・１９６８－

椰子《やし》の木の雨だれを数えながら晴れるのを待つ。二、三十分ではなく二、三年。時間はどこでも一律に流れるのではない。この句、南太平洋のゆるやかな時間の流れに自分の時間を合わせようとしている。

マルキーズ語で「歌」をウタと言う波笑え　　マブソン青眼

『マルキーズ諸島百景』まぶそんせいがん・１９６８－

言葉の水脈がつながっているのか。それともまったくの偶然か。遠く離れたそっくりの言葉に出会ってうれしいのだ。知らされずにいた兄弟と巡り会ったときのように。詩歌を表す言葉だからなおさら。

創生語るパイプオルガンや大ガジュマル　マブソン青眼

『マルキーズ諸島百景』まぶそんせいがん・１９６８―

無数の気根がやがて大地に達して何本もの幹になる。目の前に現れたガジュマルの巨樹がパイプオルガンにみえたのだ。それは島々の誕生の神話を今も奏でつづけている。荘厳なバッハの旋律のように。

毎晩死んで毎朝生まれる無人島　マブソン青眼

『マルキーズ諸島百景』まぶそんせいがん・１９６８―

青い海に浮かぶ小さな島。人の気配はなく、はるかな旅をつづける神が気まぐれに休息に立ち寄る。日が沈めば消え、日が昇ればまた現れる。その島は太古の昔から毎日、誕生と死滅を繰り返している。

海底をすべる我が影　死なぬわれ　マブソン青眼

『マルキーズ諸島百景』まぶそんせいがん・1968－

海に潜っているところだろうか。太陽の映し出す影が海底の砂をすばらしい速度で滑ってゆく。「死なぬ」は不死身の確信とも聞こえるが、永遠の命とは違う。この島では命は日々若々しく生まれ変わる。

椰子揺るるリズムみな違いみな同じ　マブソン青眼

『マルキーズ諸島百景』まぶそんせいがん・1968－

椰子《やし》の丈はさまざま。天上への梯子《はしご》のように高く伸びたのもあれば、人の背丈ほどのもある。海風に吹かれるとき、長さの違う絃《げん》のように揺れ方もまたさまざま。しかしみな海のリズムを奏でている。

つがいで飛ぶ白アジサシや
マチスこんにちは！

マブソン青眼

『マルキーズ諸島百景』まぶそんせいがん・１９６８－

海原を飛ぶ白いアジサシ。ふつうのアジサシと違って真っ白な鳥のようである。青と白の鮮やかな配合にカラリスト、アンリ・マチスの絵と出会ったような気がしたのだろう。南太平洋の大自然の中で。

半分未完半分完成島の小屋

マブソン青眼

『マルキーズ諸島百景』まぶそんせいがん・１９６８－

嵐が吹けば吹きさらし、雨が降れば雨漏りだらけ。まだ作りかけのように見えて、もうできあがっている小屋。これ以上、手を加えるつもりはないらしい。南海の島の「方丈の庵《いおり》」とでもいうべき小屋。

春が、楽しい春が、一年中の季節の王者が、やってきたのだ！

トマス・ナッシュ

平井正穂編『イギリス名詩選』Thomas Nashe・１５６７－１６０１

「花という花が咲き、乙女たちも輪になって踊りだしたのだ」とつづく。ナッシュは十六世紀後半、シェークスピアと同時代の劇作家。喜劇「夏の遺言」の歌の出だし。春の到来を率直に喜ぶ。

はるのうみ
あぶらめ　めばる

大岡信

『大岡信全詩集』おおおかまこと・１９３１－２０１７

日本古来の祝詞は海山の幸の名前を連ねる。大岡の詩「はる　なつ　あき　ふゆ」は、いわば祝詞方式の季節の讃歌《さんか》。その最初の二行。春の魚貝や海藻のぬめぬめした名前を並べて、春のなまめかしい海を描く。

たびびと の めに いたき まで みどり なる
ついぢ の ひま の なばたけ の いろ

会津八一

『自註《じちゅう》鹿鳴集』あいづやいち・1881－1956

奈良から新薬師寺、白毫寺へ向かう途中、高畑は静かな町である。土を積み固めた築地塀も方々に残る。この辺の土は明るい褐色なので築地塀もまた。その崩れた隙間からは青菜畑が見える。素朴なひらがなの歌。

自爆テロはいま kamikaze《カミカズ》 と呼ばれをり若く死にゆくことのみ似たる

松本実穂

『黒い光』まつもとみほ

若者の命もろとも小さな飛行機でアメリカの戦艦に突っ込む。神風特別攻撃隊は昭和の戦争末期、日本海軍が実行した魔の戦法。その名が今は不名誉な代名詞になっているらしい。パリの同時テロを題材にした歌集『黒い光』から。

岩手山は白を激しき色としてみちのくの空占めてかがよふ　山口明子

『みちのくの空』やまぐちあきこ

白にどんな印象をもつだろうか。この人は「激しき色」という。岩手県の最高峰、岩手山。盛岡市の北方に鎮まるこの山を石川啄木も宮沢賢治も詠《うた》った。作者も岩手県に住む人。全身で詠う岩手山である。

クメールの子等《ら》みな裸足《はだし》ハイビスカス　山田富士夫

『麦藁帽《むぎわらぼう》』やまだふじお・1931—

生き物の子どもはみなかわいいが、民族によらず人間も然《しか》り。人類愛は子どもへの愛から生まれるのだろう。クメール民族はカンボジアとその周辺の人々。かつてのクメール王朝（アンコール王朝）の末裔《まつえい》たちである。

ゆふぐれとなりて晴れたる群青の邃《ふか》みへ潜りゆく春の鳥　田中薫

『土星蝕《しょく》』たなかかおる

地球から見上げる空は四季それぞれに美しい。おそらく地球上のどこにいようとも。ここに描かれるのは春の夕空。昼間は曇っていたか雨だったか、日暮れ間際の一瞬、青空が広がった。束《つか》の間ゆえに心に残る青空。

二十四本よくぞ残れる歯にゆきてほろほろほろと雛《ひいな》のあられ　中沢玉恵

『ゆずり葉』なかざわたまえ

残った歯で雛あられの軽やかな歯ざわりを楽しんでいる。親知らずを除けば、人間の永久歯は二十八本。そのうち二十四本も残っているのは立派だろう。「九十歳差の男の曾《ひ》孫」の歌があるから推して知るべし。

ぬばたまの髪こそあはれ減りたるを朝なさな結ふ菩薩に倣ひ　大友清子

『すゑひろがり』おおともきよこ・1945－

仏（如来）となるべく努める人が菩薩《ぼさつ》。つまり人間は誰でも菩薩の芽を秘めている。毎朝、髪を束ねるのも菩薩の修行というのだ。地蔵菩薩は頭を丸めているので、髪豊かな観音菩薩だろうか。前登志夫門下。

こんなにも花咲くことのくるしくて苦しきゆえに咲くのか花は　松村正直

『紫のひと』まつむらまさなお・1970－

花は喜び、だから花は開く。この歌はその常識を逆転することによって花の心の深層に迫ろうとする。同時にそれは人のことでもあるだろう。生きることは喜び、だから生きている。はたしてそうかと考えてみる。

わが心春の山べにあくがれてながながし日を今日も暮しつ　凡河内躬恒

『新古今和歌集』おおしこうちのみつね・生没年未詳

私の心は桜咲く春の山辺へ行ってしまった。そこで花を眺めながら夕暮れまですごした。遠くから桜を眺めているのではない。「あくがれて」とは心が体から出て行くこと。『新古今和歌集』から。作者は紀貫之とあるのは誤り。

地に下りし凧静かなり骨と皮　笹島正男

『大丈夫ありがとう』ささじままさお・1932－2020

さっきまで悠然と青空を漂っていた凧《たこ》よ。地上に引き下ろしてみると、ひたとおとなしい。ぱたぱたと風に震えながら。いわれてみれば、たしかに骨と皮。余計な肉でもついていたら凧は空へ上がれない。

つばくらめすだれの外にあまた見えて春日のどけみ人かげもせず　光厳院

『風雅和歌集』こうごんいん・1313－64

長閑《のどか》な春の日、簾《すだれ》の向こうを燕《つばめ》が飛び交う。光厳院は激動の南北朝時代、北朝の初代天皇。一時退位、のち院政を敷いた。南朝方に拉致されたこともある。晩年は禅僧となり丹波に隠棲《いんせい》した。みずから選の指導をした『風雅和歌集』から。

花にそむ心のいかで残りけん捨て果ててきと思ふ我が身に　西行

『御《み》裳《も》濯河《すそがわ》歌合《うたあわせ》』さいぎょう・1118－90

僧となった以上、この世のすべては無縁。それなのに桜の花が咲けばなぜこんなに心が騒ぐのだろう。西行は花と月そして何よりも歌への執着を生涯捨て切れなかった。むしろそれらに専念するための出家だったか。

朧にて昨日の前を歩きをり　加藤楸邨

『加藤楸邨全句集』かとうしゅうそん・1905－93

楸邨には朧《おぼろ》の名句がいくつもある。馬が合うテーマだったにちがいない。この句もその一つ。春の夜の朧に包まれていると、来し方行方、何もかも朧に思える。振り返れば、ぼんやりと昨日が浮かんでいるのだ。

散りぎわが美しいとは自分ではないから言えるのだよねえサクラ　菊池陽

『「次は君だよ」』きくちよう・1952－

椿《つばき》は落ち、山梔子《くちなし》は錆《さ》びる。しかし桜はさらりと散る。ときには花吹雪になって。この潔さを古来、日本人が愛《め》でてきたのは花の痛みを知らない身勝手な言い分というのだ。良かれ悪《あ》しかれ、優しい時代である。

靏《つる》の毛の黒き衣や花の雲　　芭蕉

『校本芭蕉全集』ばしょう・1644－94

専吟という近所の坊さんが伊勢、熊野へ旅立つ。おりしも花のころ、餞別《せんべつ》の一句である。墨染めの衣をまとうあなたの姿は鶴が黒い翼を羽ばたかせて飛ぶのにも似ている。花の雲とは桜が雲のように見えるさま。

此《この》花を折るなだろうと石碑見る

『誹《はい》風《ふう》柳《やなぎ》多《だ》留《る》』

飛鳥山（東京・王子）は今も昔も桜の名所。八代将軍徳川吉宗が桜を植えたのがはじまり。石碑にはその由来が記してある。ところが難解な書体のせいで何が書いてあるかわからない。まあ「花を折るな」だろうと高をくくっているのだ。

蝴蝶相撞閑閑声、
闘士無泪向前行。

金子兜太　董振華訳

『金子兜太俳句選訳』かねことうた・1919－2018／とうしんか

董振華は金子の中国人の弟子。昨年夏、中国語句集『金子兜太俳句選訳』を出版した。「涙なし蝶かんかんと触れ合いて」の訳がこれ。原文は簡体字だが、同じ漢字文化圏。理解し合えるのはうれしい。闘士、前を向いて行くとは勇ましい。

総《すべ》て浮雲《ふうん》の能《よ》く日を蔽《おほ》ふが為《ため》に
長安は見えず　人をして愁へしむ。

李　白

漢詩大系『李白』りはく・701－762

鳳凰《ほうおう》は去ってしまった。古都金陵（南京）で作った七言律詩「金陵の鳳凰台に登る」の最終二行。浮雲は太陽を隠し、長安の都が見えないのが悲しい。李白は当時、玄宗皇帝の宮廷を追われ、各地を周遊していた。

日本文化史と詩歌

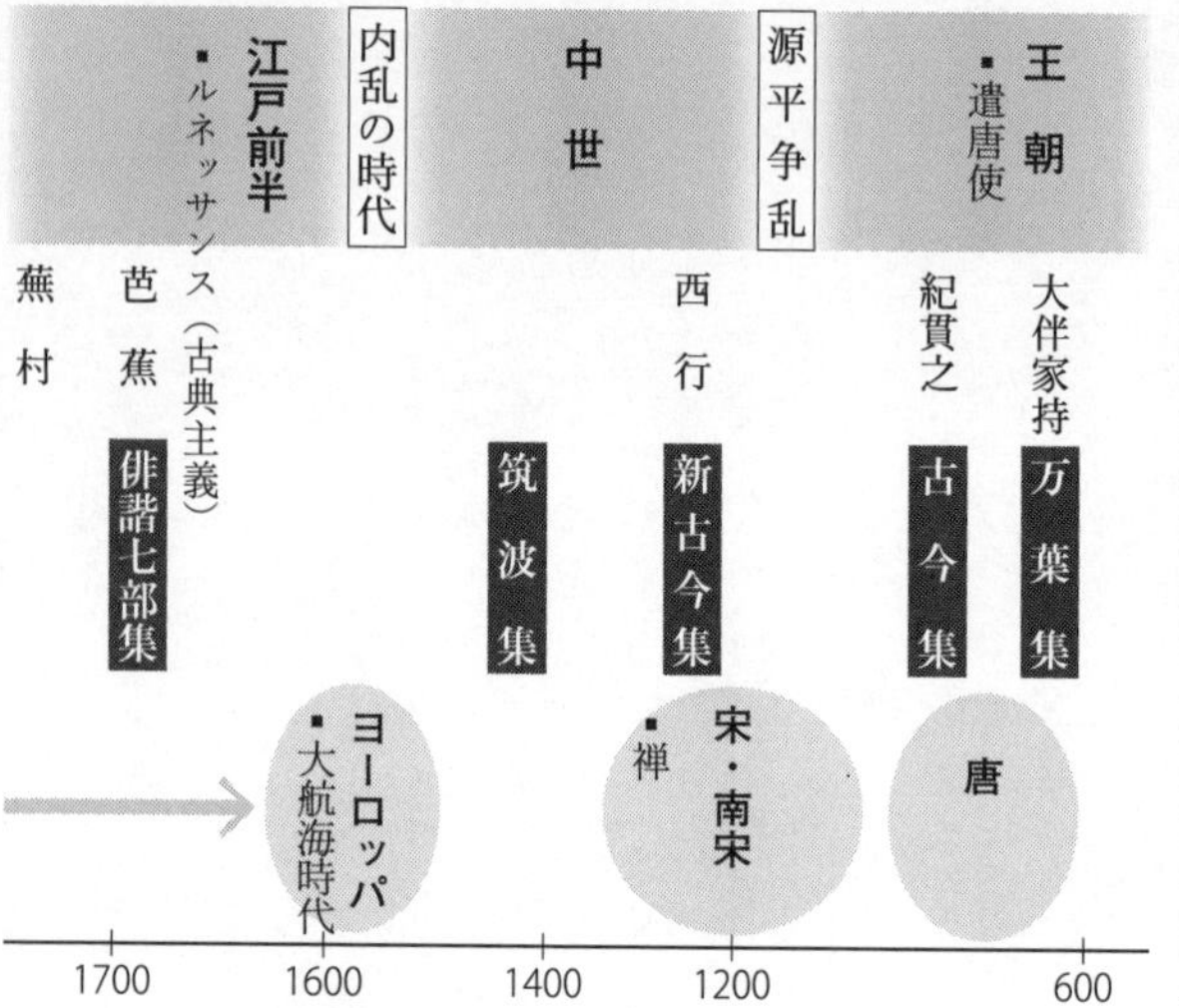

【注】この図表は日本文化史と詩歌の流れを表している。上段は時代区分、中段は詩歌の流れ、下段は日本に影響を与えた海外文化である。最下段は西暦の目盛りをつけた。不等分目盛りである。「源平争乱」「内乱の時代」など時代区分の境目の四角で囲んであるのは時代の転換となったできごとである。

日本文化はその時代ごとに圧倒的な影響を与えた外国文化を消化し作り変えることによって生まれた。いくつか重要な点について解説しておきたい。

①王朝時代の文化は中国唐の豊満華麗な文化の影響のもとに誕生した。この時代の代表的な詩歌選集は『万葉集』と『古今和歌集』である。

②次の中世の文化は宋・南宋の枯淡の文化の影響によって成立した。宋・南宋文化のうち文学上もっとも重要なのは禅の思想である。『新古今和歌集』は禅の影響下に王朝

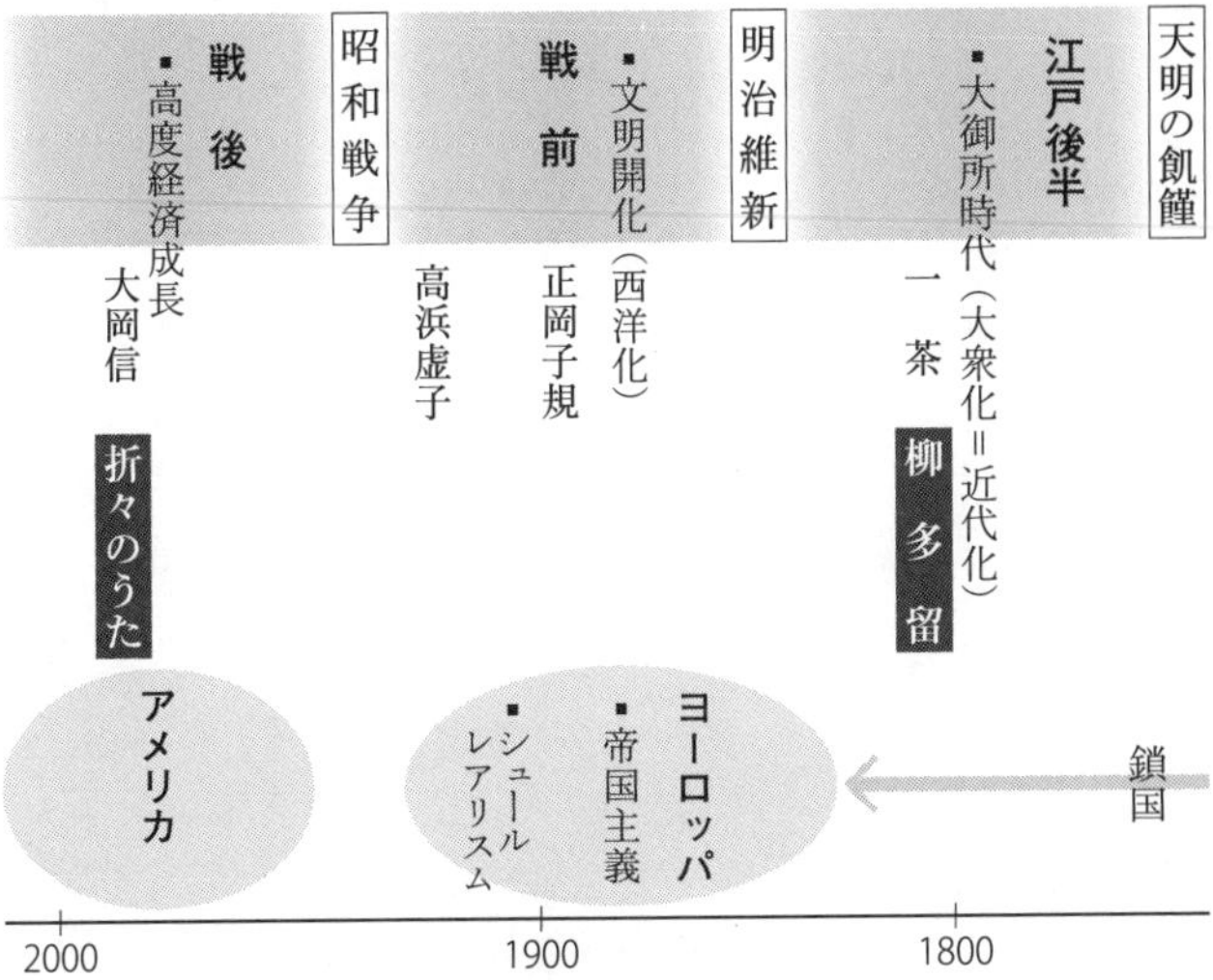

時代の和歌の批評として誕生する。その後、禅の影響を受けた和歌は連歌、連句、俳句へと短縮化の道を進むことになる。

③江戸時代は一色ではない。前半は内乱によって壊滅的な打撃を受けた王朝、中世の古典復興（ルネッサンス）、古典主義の時代である。この時代の代表的な詩人は芭蕉であり蕪村だった。

④江戸時代後半は十一代将軍、徳川家斉の大御所時代（一七八七―一八四一）以降、大衆化が進み、明治維新を待たず近代がはじまっていた。この時代を代表する詩人が一茶である。

⑤明治維新（一八六八年）からは日本の西洋化がはじまった。大御所時代にはじまった近代化の目標が明治維新以後、西洋諸国に定まった。そのうち昭和戦争（一九三八―四五）以前は主にヨーロッパ、以後はアメリカの文化の影響を受けることになった。

マ行

ヤ行

タ行

ナ行

ハ行

サ行

人名索引

ア行

カ行

中公文庫

四《し》季《き》のうた
——美《うつく》しい日《ひ》々《び》

2022年1月25日　初版発行

著　者　長《は》谷《せ》川《がわ》 櫂《かい》

発行者　松田陽三

発行所　中央公論新社
〒100-8152　東京都千代田区大手町1-7-1
電話　販売 03-5299-1730　編集 03-5299-1890
URL https://www.chuko.co.jp/

ＤＴＰ　市川真樹子
印　刷　三晃印刷
製　本　小泉製本

Published by CHUOKORON-SHINSHA, INC.
Printed in Japan　ISBN978-4-12-207170-4 C1192

各書目の下段の数字はISBNコードです。978-4-12が省略してあります。

中公文庫既刊より

は-65-1　俳句の宇宙　長谷川　櫂

十七文字という短い言葉以前に成立する「場」に注目した、現代俳句を考える上で欠くことができない記念碑的著作。サントリー学芸賞受賞。〈解説〉三浦雅士

205814-9

は-65-2　古池に蛙は飛びこんだか　長谷川　櫂

蛙は本当に飛びこんだのだろうか。古池の一句の真実とともに、数々の名句について詳述。芭蕉はこんなにも面白いのかと驚きにあふれる一冊。〈解説〉川本三郎

205837-8

は-65-3　四季のうた　微笑む宇宙　長谷川　櫂

当代を代表する俳人とともに読み解く名句、名歌、名詩の数々。読売新聞に連載された詩歌コラム「四季」の二〇一三年四月から一年分を収録。

206241-2

は-65-4　四季のうた　文字のかなたの声　長谷川　櫂

読売新聞に連載されたコラム「四季」の二〇一四年四月から一年分を収録。当代きっての俳人の簡潔で味わい深い解説によって「うた」はいっそう輝きを増す。

206336-5

は-65-5　四季のうた　想像力という翼　長谷川　櫂

詩歌の言葉を探すとき、心は想像力という翼に抱かれて時空に遊んでいる。読売新聞に連載されたコラム「四季」の二〇一五年四月から一年分を収録。

206504-8

は-65-6　四季のうた　至福の時間　長谷川　櫂

一片の詩は一杯のコーヒーに似ている。浮き世を忘れてしばし別世界に心を遊ばせる。読売新聞に連載中のコラム「四季」の二〇一六年四月から一年分を収録。

206673-1

は-65-7　四季のうた　普段着のこころ　長谷川　櫂

詩歌は人々の心が和み、寛ぐものでありたい。名句、名歌は普段着の心でできている。読売新聞に連載中のコラム「四季」の二〇一七年四月から一年分を収録。

206814-8

は-65-8

四季のうた 天女の雪蹴り

長谷川　櫂

コロナ禍による制約の中でも言葉の糸は紡がれつづける。いまも、そしてこれからも。読売新聞に連載中のコラム「四季」の二〇一八年四月から一年分を収録。

207021-9

く-2-2

浅草風土記

久保田万太郎

横町から横町へ、露地から露地へ。「雷門以北」「浅草の喰べもの」ほか、生粋の江戸っ子文人による詩趣豊かな浅草案内。〈巻末エッセイ〉戌井昭人

206433-1

さ-80-1

佐藤春夫台湾小説集 **女誡扇綺譚**

佐藤　春夫

廃墟に響く幽霊の声「なぜもっと早くいらっしゃらない？」。台湾でブームを呼ぶ表題作等百年前の台湾旅行に想を得た今こそ新しい九篇。文庫オリジナル。

206917-6

さ-80-2

佐藤春夫中国見聞録 **星／南方紀行**

佐藤　春夫

「日本語で話をしない方がいい。皆、日本人を嫌っているから」――中華民国初期の内戦最前線を行く「南方紀行」、名作「星」など運命のすれ違いを描く九篇。

207078-3

な-73-1

麻《あざ》布《ぶ》襍《ざっ》記《き》 附・自選荷風百句

永井　荷風

東京・麻布の偏奇館で執筆した小説「雨瀟瀟」「雪解」、随筆「花火」「偏奇館漫録」等を収める抒情的散文集。初の文庫化。〈巻末エッセイ〉須賀敦子

206615-1

な-73-2

葛飾土産

永井　荷風

石川淳が「戦後はただこの一篇」と評した表題作ほか、短篇・戯曲・随筆を収めた戦後最初の作品集。久保田万太郎の同名戯曲、石川淳「敗荷落日」を併録。

206715-8

な-73-3

鷗外先生 荷風随筆集

永井　荷風

師・森鷗外、足繁く通った向島・浅草をめぐる文章と、自伝的作品を併せた文庫オリジナル編集。巻末に谷崎潤一郎、正宗白鳥の批評を付す。〈解説〉森まゆみ

206800-1

な-73-4

小説集 **吉原の面影**

永井荷風／樋口一葉
広津柳浪／泉　鏡花

荷風に誘われて遊里をゆく。永井荷風「里の今昔」、樋口一葉「たけくらべ」、広津柳浪「今戸心中」、泉鏡花「註文帳」を収録。文庫オリジナル。〈解説〉川本三郎

206936-7

各書目の下段の数字はISBNコードです。978－4－12が省略してあります。

お-10-3
光る源氏の物語（上）
大野　晋
丸谷才一

当代随一の国語学者と小説家が、全巻を縦横無尽に読み解き丁々発止と意見を闘わせた、斬新で画期的な『源氏論』。読者を難解な大古典から恋愛小説の世界へ。

202123-5

お-10-4
光る源氏の物語（下）
大野　晋
丸谷才一

『源氏』は何故に世界に誇りうる傑作たり得たのか。詳細な文体分析により紫式部の深い能力を論証する。『源氏』解釈の最高の指南書。〈解説〉瀬戸内寂聴

202133-4

お-10-8
日本語で一番大事なもの
大野　晋
丸谷才一

国語学者と小説家の双璧が文学史上の名作を俎上に載せ、それぞれの専門から徹底的に語り尽くす知的興奮に満ちた対談集。〈解説〉大岡信／金田一秀穂

206334-1

シ-1-2
ボートの三人男
J・K・ジェローム
丸谷才一訳

テムズ河をボートで漕ぎだした三人の紳士と犬の愉快で滑稽、皮肉で珍妙な物語。イギリス独特の深い味わいの傑作ユーモア小説。〈解説〉井上ひさし

205301-4

ホ-3-2
ポー名作集
E・A・ポー
丸谷才一訳

理性と夢幻、不安と狂気が綾なす美の世界――短篇の名手ポーの代表的傑作「モルグ街の殺人」「黄金虫」「黒猫」「アシャー館の崩壊」全八篇を格調高い丸谷訳でおさめる。

205347-2

ま-17-11
二十世紀を読む
丸谷才一
山崎正和

昭和史と日蓮主義から『ライフ』の女性写真家まで、皇女から匪賊まで、人類史上全く例外的な百年を、大知識人二人が語り合う。〈解説〉鹿島　茂

203552-2

ま-17-12
日本史を読む
丸谷才一
山崎正和

37冊の本を起点に、古代から近代までの流れを語り合う。想像力を駆使して大胆な仮説をたてる、談論風発、実に面白い刺戟的な日本および日本人論。

203771-7

ま-17-13
食通知ったかぶり
丸谷才一

美味を訪ねて東奔西走、和漢洋の食を通して博識が舌上に転がすは香気充庖の文明批評。序文に夷齋學人・石川淳、巻末に著者がかつての健啖ぶりを回想。

205284-0

各書目の下段の数字はISBNコードです。978－4－12が省略してあります。

た-30-21
潤一郎訳 源氏物語 巻三
谷崎潤一郎
文豪谷崎の流麗完璧な現代語訳による日本の誇る古典。日本画壇の巨匠14人による挿画入り絵巻。本巻は「螢」より「若菜」までを収録。〈解説〉池田彌三郎
201834-1

た-30-22
潤一郎訳 源氏物語 巻四
谷崎潤一郎
文豪谷崎の流麗完璧な現代語訳による日本の誇る古典。日本画壇の巨匠14人による挿画入り絵巻。本巻は「柏木」より「総角」までを収録。〈解説〉池田彌三郎
201841-9

た-30-23
潤一郎訳 源氏物語 巻五
谷崎潤一郎
文豪谷崎の流麗完璧な現代語訳による日本の誇る古典。日本画壇の巨匠14人による挿画入り絵巻。本巻は「早蕨」から「夢浮橋」までを収録。〈解説〉池田彌三郎
201848-8

た-30-25
お艶殺し
谷崎潤一郎
駿河屋の一人娘お艶と奉公人新助は雪の夜駈落ちした。幸せを求めた道行きだった筈が……。芸術とは何かを探求した「金色の死」併載。〈解説〉佐伯彰一
202006-1

た-30-27
陰翳礼讃
谷崎潤一郎
日本の伝統美の本質を、かげや隈の内に見出す「陰翳礼讃」「厠のいろいろ」を始め、「恋愛及び色情」「客ぎらい」など随想六篇を収む。〈解説〉吉行淳之介
202413-7

た-30-28
文章読本
谷崎潤一郎
正しく文学作品を鑑賞し、美しい文章を書こうと願うすべての人の必読書。文章入門としてだけでなく文豪の豊かな経験談でもある。〈解説〉吉行淳之介
202535-6

た-30-29
潤一郎ラビリンスⅠ 初期短編集
谷崎潤一郎
千葉俊二編
官能的耽美的な美の飽くなき追求を鮮烈に描く「刺青」など八篇、反自然主義の旗手として登場した若き谷崎の初期短篇名作集。〈解説〉千葉俊二
203148-7

た-30-30
潤一郎ラビリンスⅡ マゾヒズム小説集
谷崎潤一郎
千葉俊二編
「饒太郎」「蘿洞先生」「続蘿洞先生」「赤い屋根」など五篇。自らマゾヒストを表明した饒太郎、そのきわめて秘密の快楽の果ては……。〈解説〉千葉俊二
203173-9

た-30-31
潤一郎ラビリンスⅢ　自画像
谷崎潤一郎　千葉俊二編

神童と謳われた少年時代、青春の彷徨、精神主義からの堕落、天才を発揮し独自の芸術を拓く自伝的作品「異端者の悲しみ」など四篇。〈解説〉千葉俊二

203198-2

た-30-32
潤一郎ラビリンスⅣ　近代情痴集
谷崎潤一郎　千葉俊二編

上州屋の跡取り巳之介はお才に迷い、騙されても欺れてもこりずに追い求める。谷崎描く究極の情痴の世界「お才と巳之介」ほか五篇。〈解説〉千葉俊二

203223-1

た-30-33
潤一郎ラビリンスⅤ　少年の王国
谷崎潤一郎　千葉俊二編

子供から大人の世界へ、現実から夢へと越境する少年を描いた秀作。「小僧の夢」「二人の稚児」「小さな王国」「母を恋ふる記」など五篇。〈解説〉千葉俊二

203247-7

た-30-34
潤一郎ラビリンスⅥ　異国綺談
谷崎潤一郎　千葉俊二編

谷崎の前半生を貫く西洋崇拝を表す「独探」、白楽天や蘇東坡の漢詩文以来の物語空間を有する西湖を舞台に描く「西湖の月」等六篇。〈解説〉千葉俊二

203270-5

た-30-35
潤一郎ラビリンスⅦ　怪奇幻想倶楽部
谷崎潤一郎　千葉俊二編

凄艶な美女による凄惨な殺人劇「白晝鬼語」ほか、日本探偵小説の先駆的作品ともいえる、怪奇・幻想の世界を描く五篇を収める。〈解説〉千葉俊二

203294-1

た-30-36
潤一郎ラビリンスⅧ　犯罪小説集
谷崎潤一郎　千葉俊二編

日常の中に隠された恐しい犯罪を緻密な推理で探る「途上」、犯罪者の心理を執拗にえぐり出す「或る罪の動機」など、犯罪小説七篇。〈解説〉千葉俊二

203316-0

た-30-37
潤一郎ラビリンスⅨ　浅草小説集
谷崎潤一郎　千葉俊二編

谷崎が幼児期から馴染んだ東京の大衆娯楽地、浅草。芸術論に明け暮れ、猥雑な街に集う画家や歌唄い達の哀歓を描く「鮫人」ほか二篇。〈解説〉千葉俊二

203338-2

た-30-38
潤一郎ラビリンスⅩ　分身物語
谷崎潤一郎　千葉俊二編

芸術的天才の青野とその天分を羨やむ大川の話、Ａは善の、Ｂは悪の小説家。又は西洋と東洋など自己の内なる対立と照応を描く三篇。〈解説〉千葉俊二

203360-3

各書目の下段の数字はISBNコードです。978－4－12が省略してあります。

た-30-39
潤一郎ラビリンスXI　銀幕の彼方
谷崎潤一郎　千葉俊二編
映画という芸術表現に魅了されその発展に多大な期待を寄せた谷崎。「人面疽」「アヹ・マリア」他、映画に関するエッセイ六篇を収録。〈解説〉千葉俊二
203383-2

た-30-40
潤一郎ラビリンスXII　神と人との間
谷崎潤一郎　千葉俊二編
小田原事件を背景に、谷崎・佐藤・千代夫人の関係を虚構を交えて描く「神と人との間」ほか、「既婚者と離婚者」「鶴唳」を収める。〈解説〉千葉俊二
203405-1

た-30-41
潤一郎ラビリンスXIII　官能小説集
谷崎潤一郎　千葉俊二編
恋愛は芸術である――人間の欲望を束縛する社会の制約をはぎ取って官能の熱風に結ばれる男と女の物語「熱風に吹かれて」など三篇。〈解説〉千葉俊二
203426-6

た-30-42
潤一郎ラビリンスXIV　女人幻想
谷崎潤一郎　千葉俊二編
思春期を境に生ずる男女の美の変化、天成の麗質に研きをかける女性的美への倦むことのない追求を描く「女人神聖」「創造」「亡友」。〈解説〉千葉俊二
203448-8

た-30-43
潤一郎ラビリンスXV　横浜ストーリー
谷崎潤一郎　千葉俊二編
〝美しい夢〟の世界を実現すべく映画制作に打ち込む主人公を描く「肉塊」、横浜時代の暮しぶりを回想したエッセイ「港の人々」の二篇。〈解説〉千葉俊二
203467-9

た-30-44
潤一郎ラビリンスXVI　戯曲傑作集
谷崎潤一郎　千葉俊二編
〝読むための戯曲〟として書いた二十四篇のうち「恋を知る頃」「恐怖時代」「お国と五平」「白狐の湯」「無明と愛染」の五篇を収める。〈解説〉千葉俊二
203487-7

た-30-45
歌々《うたうた》板《はん》画《が》巻《かん》
谷崎潤一郎歌　棟方志功板
文豪谷崎の和歌に棟方志功が「板画」を彫った二十四点に、挿画をめぐる二人の愉快な対談をそえておくる。芸術家ふたりが互角にとりくんだ愉しい一冊である。
204383-1

た-30-46
武州公秘話
谷崎潤一郎
敵の首級を洗い清める美女の様子にみせられた少年――戦国時代に題材をとり、奔放な着想をもりこんで描かれた伝奇ロマン。木村荘八挿画収載。〈解説〉佐伯彰一
204518-7